W0303843

Joachim Friedrich

El caso de la profesora desaparecida

Círculo de Lectores

Título original: *4 1/2 Freunde und die verschwundene Biolehrerin.*
© 1995 by K. Thienemanns Verlag, Stuttgart - Wien - Bern

Círculo de Lectores, S.A. (Sociedad Unipersonal)
Travessera de Gràcia, 47-49. 08021 Barcelona
6002987654321

Directora de la colección: Reina Duarte.
Ilustraciones: Mikel Valverde.
Traducción: Irma Huici.

Licencia editorial para Círculo de Lectores
por cortesía de Edebé.
Está prohibida la venta de este libro a personas
que no pertenezcan a Círculo de Lectores.

ISBN 84-672-1650-6
N.° 07484 A
Depósito Legal: B. 1249-2006
Impreso en España
Printed in Spain
EGS - Rosario, 2 - Barcelona

Queda prohibida, salvo excepción prevista en la Ley, cualquier forma de reproducción, distribución, comunicación pública y transformación de esta obra sin contar con autorización de los titulares de la propiedad intelectual. La infracción de los derechos mencionados puede ser constitutiva de delito contra la propiedad intelectual (arts. 70 y ss. del Código Penal). El Centro Español de Derechos Reprográficos (www.cedro.org) vela por el respeto de los citados derechos.

Índice

1
Como un ángel

Como un ángel flotaba por el aula. Su mirada brillaba. Irradiaba un algo sobrenatural. ¿Cómo puede una mujer ser tan guapa?

Mi corazón iba a cien por hora. Yo estaba fuera de mí, y todo lo que ella decía me sonaba a gloria.

—¡Sois todos una panda de holgazanes indescriptible!

Agitó nuestros exámenes de Naturales como Juana de Arco su bandera. Se dirigió hacia mí. Pensé que pronto notaría una ligera brisa cuando pasara por mi lado. Cada vez estaba más cerca. Ahora. ¡Entonces lo olí! De violetas o rosas. En cualquier caso, jamás había respirado un olor tan fascinante. Tenía que ser su perfume. Ese día estaba más guapa que nunca.

No es que antes la señora Sulte-Stratmann fuera al colegio vestida con andrajos, pero solía llevar ropa muy normal, de profesora. Vamos, que no iba precisamente muy a la moda, como todos sabemos. Cuando a principios de curso llegó al colegio, pensé que sería una profesora más. Pero a medida que fuimos conociéndonos, más me convencí de que era extraordinaria. ¡Qué guapa es! Eso ya se veía antes, a pesar de la ropa de profesora. ¡Pero desde hace un par de semanas, está impresionante! En lugar de los pantalones vaqueros, ahora siempre lleva vestidos. Cada día se pone uno más llamativo que el anterior, y más caro, seguro. Creo que se ha comprado uno nuevo para cada hora de clase. También ha empezado a maquillarse y lleva un pintalabios de color rojo-beso fantástico.

La señora Sulte-Stratmann dio la vuelta y volvió sobre sus pasos. Tropezó ligeramente, quizá porque no estaba acostumbrada a los tacones altos. Aún rabiaba por el resultado de nuestros exámenes. Entonces yo giré la silla hacia el pasillo y me coloqué de forma que mi nariz estuviera en su dirección. En ese momento, pasó de nuevo por mi lado y volví a inspirar aire profundamente. ¡Otra vez ese perfume! ¡Enloquecedor! Entonces giró sobre sus talones y me sacó de mi ensimismamiento.

—¿Por qué respiras así, Federico? ¿No huelo bien o es que estás constipado?

¿Por qué uno no puede sencillamente volverse invisible? Lo peor fue que ahí no acabó la cosa. La *profe* esperó hasta que los idiotas de mi clase se hubieron calmado. Después, soltó su segundo ataque. Me pasó una hoja por las narices, probablemente mi examen de Naturales. Me temía lo peor.

—Te has llevado la palma, Federico. Un cero. ¡No son las flores las que fecundan a las abejas, sino al contrario!

¿Cómo puede una mujer ser tan cruel?

—¡Silencio! —gritó—. Tal como os ha ido este examen a todos, no tenéis ningún derecho a reíros de vuestro compañero. Cuando hagamos la excursión a Haltern, desearéis haber aprendido más sobre biología. ¡Os lo aseguro!

En ese momento las risas se convirtieron en suspiros. Todas las clases que daban Naturales con la señora Sulte-Stratmann tenían que ir a la excursión. Y siempre al mismo sitio. Se trata de una pequeña ciudad que se encuentra no muy lejos de aquí. La clase de al lado ya la había hecho, y lo que nos explicaron nos produjo escalofríos por todo el cuerpo. Durante todo el día la profesora Sulte-Stratmann estuvo con ellos dando grandes zancadas por el bosque. Preguntaba por todas y cada una de las hierbas. A pesar de que los de la otra clase no nos caen nada bien, nos dieron pena. Durante toda una semana tuvieron tantas agujetas que notaban unos terribles pinchazos cada vez que se movían.

Pero ésa no es la única causa por la que la profesora Sulte-Stratmann no es muy querida por sus alumnos. Todo lo que tiene de guapa, lo tiene de exigente. Aunque yo sé que se hace la exigente para que no le tomemos el pelo. Bajo esa piel tan áspera, estoy seguro de que se esconde un interior muy tierno. ¡Estoy convencido! Lo que pasa es que los demás no han sabido descubrirlo.

A pesar de que nadie más se rió durante el resto de la clase, el asunto de las flores y las abejas no se había terminado para mí. Era la última hora y pensaba en la vuelta a casa con terror.

Charly fue el primero. Ni siquiera esperó a que estuviéramos fuera del aula.

—¡Oye, Fede! —me gritó desde su sitio—, lo de las abejas y las flores lo tenemos que estudiar mejor. ¿O aún crees en la cigüeña?

—¡Eh, tío, eh! ¿No has tenido nunca un cero?

—¡Noo! —sonrió Charly.

Yo estaba enfadado, pues sabía que no mentía. Aparte de Estefi, Charly era el mejor de la clase, incluso en deporte.

Delante de la puerta del colegio, nos estaban esperando Estefi y Rabanito. Por suerte Rabanito se contuvo. Quizá porque tiene que soportar burlas muy a menudo debido a su estatura. Es casi una cabeza más bajo incluso que su hermana melliza Estefi. Por eso lo llamamos Rabanito, pero en realidad se llama Óscar Rademacher. Aunque a mí no me va mucho mejor. Cuando se forman los equipos en deporte, a los dos nos escogen los últimos.

Estefi, por el contrario, atacó en la misma línea que Charly, pero con más mala idea. Me miró, masticando a gran velocidad su chicle, sonrió de oreja a oreja y me dijo:

—¿Qué pasa, Fede?¿Que estás enamorado de la profesora de *Natus?*

—¡Eh, tía, eh! ¿Estás loca, o qué te pasa? ¡Qué disparate! ¿Cómo se te ha ocurrido semejante barbaridad? ¡No es verdad! ¿Yo enamorado de ésa? ¡Nunca!

Pensé en ello con desesperación. ¿Me había comportado de manera sospechosa? ¿O quizás había murmurado algo para mis adentros sin haberme dado cuenta?

La sonrisa de Estefi se agrandó.

—No te pongas nervioso. Sólo lo he preguntado. Además me llamo Estefi y no «eh, tía, eh».

—Déjale en paz —salió en mi defensa Rabanito—. Ya sabes que a todo el mundo le llama «tío» o «tía». Y no sé cómo se te ha podido ocurrir que está enamorado de la profesora Sulte-Stratmann.

—Siempre que tenemos Naturales Fede está anclado a su silla y mira a su alrededor como si estuviera en sueños. Incluso le he oído suspirar, muy flojito pero claramente, un par de veces. Ya sabéis que me siento justo detrás de él.

¡Atiza! Ojalá me hubiera desintegrado.

—¿Suspirar? —soltó Charly—. ¿En serio? ¡Entonces está enamorado de verdad!

—¡Tonterías! —grité demasiado fuerte.

—¿Y entonces por qué suspirabas y estabas como en sueños?

¡Uf! Tenía frío y calor a la vez.

—No he suspirado. Y además no estoy como en sueños, sino...

—¿Sino...?

—¡Pensando! ¡Exacto! ¡Estaba pensando!

—¡Eso es una novedad!

Ahora también sonreía Rabanito.

—¿En qué pensabas? ¿En la profesora de Naturales?

¿Por qué no podía confesarles mis sospechas? A lo mejor tenían una explicación al respecto.

—Sí, exactamente. En la profesora de Naturales. Es que creo que hay algo en ella que no cuadra.

La expresión de Charly cambió radicalmente. Estaba intrigado.

—¿En serio, Fede? ¿A qué te refieres?

Estefi se puso en jarras.

—Basta ya, Charly. ¿O acaso presientes otro caso para tu banda de detectives?

Charly tardó un rato en responder. Estaba indignado.

—¡Estefi! ¡Cuántas veces tengo que decirte que Charly & Company es una agencia de detectives y no una banda! Y además no es solamente mi agencia. Tú perteneces a ella. Y Fede y Rabanito también.

La sonrisa de Estefi desapareció.

—Ya lo sé. Pero aún no hemos resuelto muchos casos. En realidad, ninguno.

—¡No me lo recuerdes! Pero, ¡qué se le va a hacer! Quizás algún día... Sólo hay que mantener los ojos bien abiertos. A ver, Fede, ¿qué pasa con la señora Sulte-Stratmann?

—¿No te has dado cuenta de que últimamente ha cambiado mucho?

—Noo. ¿Cómo va a haber cambiado?

—Se ha vuelto... más seria.

—Pero eso no es nada raro —dijo Rabanito—, el examen de Naturales ha ido fatal.

—¡Eh, tío, eh! No me refiero a eso. Antes era mucho más alegre.

—¿Cuándo ha sido alegre? —dijo Rabanito—. A mí siempre me ha berreado.

—Así es —le dio la razón su hermana—. Yo no recuerdo que haya contado un chiste ni una sola vez, como hace la mayoría de los otros profesores. Y si has tenido la suerte de verla reírse en alguna ocasión, ya puedes marcarlo en rojo en el calendario.

—Quizás esté preocupada —dije yo reflexionando.

Charly resolló con desdén.

—¡Preocupada! ¿Qué preocupaciones va a tener un profesor? La única preocupación que tiene ésa es cómo fastidiarnos con su estúpida excursión a Haltern.

—¡Si por lo menos no nos mirara de esa manera! —dijo Rabanito.

Estefi asintió.

—¡Es verdad! Podría taladrar un armario blindado con la mirada.

Yo sabía muy bien a qué mirada se referían.

—¿Habéis visto cómo se arregla últimamente? —preguntó Charly—. Cada vez lleva vestidos más cortos y estrechos. Hace poco casi se rompe una pierna al ir a subirse en su viejo cacharro.

—¿Tú también lo has notado? ¡Además hoy olía a perfume! —grité yo.

Estefi no pasaba tales oportunidades por alto.

—¿De verdad? ¡Qué romántico! A pesar de todo, yo no la soporto. Por mí, podría ser un poco más fea, si eso significara no ser tan estricta y no reñirnos continuamente. Es un auténtico horror.

No tenían ni idea. Sólo porque no nos dejara tomarle el pelo... Eso no significaba ni mucho menos que fuese un horror.

—Aunque..., sí es verdad que es muy raro que últimamente lleve esos vestidos llamativos y se maquille —dijo Charly pensativo.

Estefi supo inmediatamente adónde quería llegar.

—¡Olvídalo, Charly! No hay ningún caso Sulte-Stratmann.

—Y entonces, ¿por qué se comporta de esa manera tan chocante?

—¿Qué quieres decir con «chocante»? Sólo se viste de manera atractiva. Quizás esté enamorada.

—¡Exacto! De Fede —soltó Charly.

—¡O le ha tocado la lotería! —dijo Rabanito riendo tontamente.

—Entonces ya no trabajaría —puntualizó Charly—. Y además, en primer lugar se habría comprado un coche nuevo. El que conduce ahora es un puñado de chatarra.

—Si tanto te interesa lo que le pasa, se lo puedes preguntar, Charly —dijo Estefi.

—No estoy loco —respondió Charly—. Sabes que no soporta que le pregunten por su vida privada. ¿Recuerdas cómo contestó a Nadine sólo porque le preguntó si estaba casada?

Lo sabíamos muy bien. ¡Pobre Nadine!

—¡No, no! —siguió Charly—. No me enredaréis. Prefiero prescindir de un caso.

Estefi le puso la mano sobre el hombro.

—Es la primera frase sensata que oigo hoy de ti, jefe.

—Bien. Pues ya puedo irme tranquilo a casa.

—Iba a proponer lo mismo.

Se me cayó la cartera de la mano del susto. La profesora Sulte-Stratmann se encontraba justo detrás de nosotros. Recé pidiendo que acabase de llegar. ¡Me miró y sonrió! Se me secó la garganta.

—No me habría imaginado que os costara tanto alejaros del colegio. Pero si no os ponéis pronto en marcha, vuestros padres se preocuparán.

Dicho esto, pasó por delante de nosotros atravesando el patio. La seguimos con la vista sin decir una palabra hasta el aparcamiento de profesores. ¡Tenía un aspecto fantástico! Justo entonces vi en el aparcamiento un coche que nunca antes había estado allí. Era un descapotable rojo vivo. Y precisamente hacia ese mismo auto se dirigía la profesora Sulte-Stratmann. Llegó hasta él, abrió la puerta, se metió dentro y aceleró con un chirrido de ruedas.

—¿Habéis visto eso? —dijo Charly con voz tan alta que le salió un gallo—. ¡Eso era un Porsche Cabriolé! ¡Qué locura!

—Y precisamente acabas de decir que lo primero que haría sería comprarse un coche nuevo si le tocara la lotería —dijo Rabanito.

—Eso es instinto, colega —se pavoneó Charly.

—No te pases de listo —le contestó Estefi.

—Cada vez encuentro el asunto más raro. Primero, los vaqueros y un cacharro de coche, y ahora, vestidos caros y un súper deportivo.

—¡Exacto! Creo que deberíamos convocar una reunión para poder hablar de todo esto. Si es posible, esta misma tarde.

—¿Y dónde, si puede saberse? —preguntó Estefi escéptica.

—Siempre en casa de quien lo pregunta —contestó Charly.

—¡Otra vez en casa, no! No me parece justo. Siempre estáis en mi habitación. ¡Acabaréis estropeándome el ordenador!

—¿Y adónde vamos a ir, si no? —quiso saber Charly.

En ese momento, Estefi, Rabanito y Charly me miraron. Yo quería decir algo, pero se me adelantaron.

—«En mi casa no puede ser» —dijeron a coro.

Creo que me puse rojo.

—¡Eh, tíos, eh! En mi casa no puede ser de ninguna manera. Ya os he contado lo pequeño que es el piso. Mi madre estaría todo el tiempo controlándonos. Seguro que nos molestaría.

—Hombre, Fede —dijo Charly—, supongo que tu madre tendrá que trabajar esta tarde, ¿no? Además no hemos ido nunca a tu casa. No tengo ni idea de cómo es.

—Pero hoy no puede ser. Mi madre estará en casa.

—¡Qué raro! Siempre que tenemos reunión, ella no trabaja.

—¡Eh, tío, eh! ¿Por qué no la hacemos en tu casa?

—En la mía ya hemos estado.

—Sólo dos veces.

—¿Sabes por qué no? Pues porque mi hermano siempre entra en mi habitación y se burla de nosotros.

—¿Y qué? Un hermano no molesta tanto como los padres.

—¡Parad ya de una vez! —dijo Rabanito por fin—. Por mí, podéis venir a mi casa. Podríamos estar en mi habitación. Así no le pasará nada al ordenador de Estefi.

Estefi le dio un golpe en el costado.

—Querido hermanito, eres demasiado generoso, ¿lo sabías? Pero no se beberán nuestra Coca-Cola. Mamá ya se quejó la última vez de que el cajón de las bebidas se vaciara tan rápidamente.

Charly puso cara condescendiente.

—Yo pongo la Coca-Cola. Y Fede que lleve algunas chucherías, chocolate o algo así.

Me miró. Yo asentí. ¡Qué iba a hacer! De todas maneras, estaba contento de que no fueran a mi casa.

Charly estaba satisfecho.

—Entonces, todo arreglado.

Por el camino me entraron remordimientos de

conciencia. Era verdad que mi madre estaría en casa. Pero sólo hasta las dos. Después se iría al trabajo. Tenía turno de tarde.

Miré la hora. Por culpa del asunto de la profesora Sulte-Stratmann se había hecho tarde. Tenía que apresurarme. Mi madre siempre dice que, como mínimo, quiere comer conmigo cuando tiene turno de tarde. Desde que vivo solo con ella, trabaja en la fábrica. «No es que gane mucho, pero así al menos somos independientes», dice siempre.

Mi padre se ha quedado nuestra antigua casa, mientras que mi madre y yo nos hemos mudado a una más pequeña. La casa es bastante vieja y mi madre siempre se está quejando de que algo no funciona. La distribución tampoco es tan moderna como la de los Rademacher o la de Charly. Por eso no me hace gracia que las reuniones se celebren en ella. Charly y el resto ya se burlan bastante de mí como para que también acaben burlándose de mi casa.

Cuando abrí, vi a mi madre delante de nuestra puerta.

—¿Dónde te habías metido? —me dijo—.

Sabes que tengo turno de tarde, y que apenas tenemos tiempo de comer juntos.

Ya dentro de casa me cogió la cartera y me colgó la chaqueta. En realidad odio que haga eso, pero me he cansado de decírselo. Se lo he comentado unas mil veces y, a pesar de todo, lo sigue haciendo.

—¿Alguna novedad en el colegio? —preguntó cuando estábamos sentados ante nuestros platos.

Yo negué con la cabeza.

—¿Y por qué has llegado tan tarde?

—Teníamos un asunto del que hablar.

—¿Tú y tus amigos?

Asentí.

—Charly, Estefi y Rabanito.

Mi madre sonrió.

—¡Ah, vuestra banda de detectives! ¿Te vas a encontrar esta tarde con ellos?

—Hummm.

Mi madre retiró sus cubiertos a un lado y me dijo:

—Siempre te he querido preguntar una cosa,

Fede: ¿por qué no vienen tus amigos nunca a casa? Me gustaría mucho conocerlos.

Quería responder algo, pero no sabía el qué. En lugar de eso, me embutí la comida para dentro. Realmente estaba deliciosa.

Mi madre no se quedó tranquila.

—¿No quieres decírmelo?

Me encogí de hombros.

—Federico, Federico —suspiró mi madre—. A veces tengo la sensación de que ignoro lo que piensas realmente.

No la miré. No me gusta cuando está así.

Me alegré de que, por fin, se fuera a trabajar sin que volviera a hablar del tema amigos. Podría hacer mis deberes, por lo menos la mayor parte de ellos, y después me iría. A Charly no le gusta que se llegue tarde a las reuniones de Charly & Company. Me apresuré a pesar de que no me apetecía demasiado ir a casa de Estefi y Rabanito. Intuía que ese día aún me iba a suceder algo extraño.

2
Extraños encuentros

De camino a casa de Estefi y Rabanito compré galletas saladas y cacahuetes. Lo que me quedaba de paga dio justo para eso. Estaba enfadado. Había tenido que gastar mis últimas monedas, para que, encima, Estefi luego me tomara el pelo.

De mal humor llamé a la puerta de los Rademacher. El señor Rademacher sonrió cuando me vio.

—Hola, Fede. ¿Otra reunión secreta? Puedes subir directamente. Los demás ya están arriba.

No dije nada. Ya imaginaba que Charly estaría. Siempre llega antes de la hora acordada cuando se reúne el equipo de Charly & Company.

—¡Por fin! —me saludó echando un vistazo a su reloj de pulsera—. Incluso has sido puntual.

—Mejor ser puntual que llegar con media hora de adelanto —contestó Estefi.

Una cosa hay que decir de la hermana de Rabanito: reparte sus dosis de veneno a todos por igual.

Charly se puso colorado.

—Sólo quería probar tu nuevo programa de ordenador.

Estefi asintió.

—Sí, claro. Y encima, necesitaré dos días más para hacer que el chisme vuelva a funcionar.

—Dejad de pelearos de una vez —se interpuso Rabanito—. Creo que hemos venido para hablar de la señora Sulte-Stratmann.

Charly miró a Rabanito con agradecimiento.

—¡Exacto! Rabanito tiene razón. En definitiva, se trata de un caso y no de programas de ordenador.

—Aún no tenemos un caso exactamente —dije pensativo.

—Quizá no, pero podría convertirse en uno. Primero fue la ropa cara, ahora el coche.

—¿Y por qué va a salir de ahí un caso? —preguntó Estefi irritada.

—Es bien sencillo. Porque ningún profesor puede permitirse comprar uno de esos coches, por lo menos con su sueldo.

—Es verdad —dijo Rabanito—. Nuestro padre es profesor y siempre se queja de lo poco que gana.

—Sobre todo, desde que compramos esta casa —añadió su hermana.

—Entonces sólo hay tres posibilidades —aclaró nuestro jefe, alegre—: o bien ha ganado el dinero, o lo ha heredado, o se ha endeudado, o..., o lo ha robado. El chantaje también podría ser una posibilidad.

—¡Eh, tío, eh! ¿Estás chalado? ¿La señora Sulte-Stratmann una delincuente? ¡Ni hablar!

—Cálmate, Fede. Yo no he dicho que lo sea. Pero hay que pensar en todas las posibilidades. Lo mejor sería que espiáramos a la señora Sulte-Stratmann para descubrirlo.

Estefi se tocó la sien con los dedos.

—¡Pensar en todas las posibilidades! Realmente creo que has visto muchas películas policíacas por la televisión. Detrás de cualquier insignificancia te parece ver un crimen.

—Si se te ocurre algo mejor, dínoslo.

Estefi se cruzó de brazos.

—Quizá no quiero que se me ocurra una idea mejor. Quizá tus preocupaciones me sacan de quicio. Yo no tengo ganas de hablar sobre casos que realmente no lo son. Y sobre todo, no tengo ganas de espiar a la señora Sulte-Stratmann. Si nos pesca, nos hará picadillo hasta que quepamos todos juntos en una caja de zapatos.

—Pero... —insistió Charly de nuevo.

—¡No hay *pero* que valga! Por mí, puedes espiar a la señora Sulte-Stratmann. ¡Pero sin contar conmigo!

Con esta respuesta se acabó el caso Stratmann para Charly. Él no llegó a decirlo, pero sospecho que habría prescindido del caso más excitante del siglo antes que prescindir de Estefi en Charly & Company.

En realidad, podríamos habernos ido, pero aún quedaban cacahuetes y Coca-Cola. Permanecimos sentados comiendo, bebiendo y hablando de todo lo imaginable, sobre todo del colegio. Como Rabanito y yo no nombramos más a la señora Sulte-Stratmann, no volvió a ser tema de conversación. Pensé para mis adentros que probablemente Rabanito, al igual que yo, se alegraba de ello. Seguro que él también habría tenido miedo de espiar a nuestra estricta profesora de Naturales. Yo no sabía muy bien qué pensar sobre el asunto. Por un lado, me habría gustado estar cerca de ella y haber sabido por qué había cambiado tanto. Por otro, no quería que nos pescara y se enfadara conmigo. Me sentía muy mal y por eso me acabé casi todos los cacahuetes.

—¿Queda Coca-Cola? —preguntó al fin Charly.

Estefi le enseñó la botella vacía sin decir palabra.

Charly se levantó con cara de malas pulgas.

—Bien, pues entonces yo me voy. Ya nos veremos mañana en el colegio.

Nadie le contradijo. Cuando se encontraba prácticamente fuera de la habitación, se dio la vuelta y dijo:

—No me parece nada bien por tu parte, Estefi. De veras que no.

Estefi se encogió de hombros.

—Si me demuestras que lo de la señora Sulte-Stratmann es realmente un caso, me apunto de nuevo.

Eso no pareció consolar a Charly.

Yo también me puse en pie. Y fue un error por mi parte.

—¿También te vas, Fede? —preguntó Charly.

—Sí, tengo que marcharme —contesté.

—Bueno, pues podemos irnos juntos.

Me lo temía. No es que tenga nada contra Charly, pero lo conozco muy bien. Y por eso sabía lo que me esperaba.

Y así fue. Apenas estuvimos en la calle, me soltó:

—¡Vaya bajeza! ¿Me puedes explicar por qué Estefi se pone así de repente?

Yo no lo sabía. Aunque tampoco le habría interesado demasiado a Charly. Únicamente buscaba una víctima con quien desahogarse. Estefi dice simplemente: «¡Charly, cierra el pico!» Y él se calma. Yo no lo he conseguido nunca. Por qué, pues no lo sé. No puedo defenderme de Charly y eso me da rabia. A veces me pone furioso. Pero no sé contradecirle. A menudo pienso que me gustaría ser como él. A él todo le cuadra, si dejamos aparte, claro está, que Charly & Company aún no ha resuelto ningún caso real. Él es un as en deporte, nunca ha sacado menos de un cinco en un examen, nadie se ríe de él, o por lo menos, muy rara vez.

No hay una sola niña en la clase que no le ponga ojitos tiernos, excepto Estefi. Y precisamente, eso es lo que le da tanta rabia. Está obsesionado por resolver un crimen, al menos, uno sencillo. Y quiere por todos los medios que Estefi lo alabe como las otras niñas. Pero hasta ahora ninguna de las dos cosas ha podido ser.

Por supuesto, en nuestro camino de vuelta a casa soltó toda su artillería pesada, que yo tuve que soportar pacientemente. Se quejó de las chicas en general y de Estefi en particular, se quejó de que por nuestro pueblucho no se acercaran auténticos gángs-

teres, arremetió contra los estúpidos profesores, etcétera, etcétera.

Cuando por fin llegamos a la esquina donde nuestros caminos se separaban, ya me había calentado los cascos de lo lindo.

—Bueno, Fede, hasta mañana. Ya estoy mejor. Sienta bien poder desahogarse con un amigo —me dijo.

Me sonrió, me dio un golpecito en el hombro y se alejó silbando alegremente.

Me quedé allí mirando cómo se largaba. Él ya estaba mejor. ¡Estupendo! Primero me acribilla con todas sus frustraciones y luego me deja allí plantado. Mi estado de ánimo había llegado al nivel más bajo. Me encontraba como si una gran nube tormentosa flotara por encima de mi cabeza.

Había dado un par de pasos, cuando me llamó la atención una mujer al otro lado de la calle. Su aspecto me era familiar, aunque no podía recordar dónde la había visto anteriormente. Tenía el pelo muy rubio y llevaba un vestido de color rojo chillón. A su lado iba un hombre. Parecía que tuvieran prisa o que estuvieran huyendo de alguien. Caminaban un par de pasos por delante de mí, por eso no podía ver sus caras. Tenía la sensación de que cada vez iban más deprisa. Casi tenía que correr para mantener la misma distancia. La mujer miraba para atrás constantemente, como si quisiera asegurarse de que no la seguían. Corrían tanto que dejé de distinguir la cara de la mujer. Al final ella se apoyó en el hombre. Probablemente, porque con los tacones altos ya no podía correr. ¿De qué conocía yo a esa mujer?

Por fin tuvieron que pararse en un semáforo en rojo. Tenía que acercarme como fuera a ella. Quizá lo más práctico era cambiar de acera. Sin mirar a izquierda o derecha, corrí. Debería haber vigilado más el tráfico, porque topé con un tipo que iba en bicicleta. Apenas pudo parar. Era desmesuradamente grande y muy feo. Su cara, en la que había pegadas dos orejas tan grandes como velas de barco, estaba llena de pecas.

—¿Por qué no prestas atención, saco de grasa? —gritó.

En realidad, soy una persona muy pacífica. Pero hay dos cosas que me ponen realmente furioso, sobre todo cuando estoy de mal humor. Una de ellas es que me llamen saco de grasa. Ya sé que estoy muy gordo. Muchas veces he intentado comer menos. Aunque no lo consigo. Cuando me encuentro bien, tengo que comer, sencillamente. Pero eso no es, ni de lejos, motivo para llamarme saco de grasa. Noté cómo la ira me subía por dentro. En otras circunstancias habría tenido miedo del gigante. Pero, en ese estado de ira, todo me daba igual.

—¡Eh, tío, eh, mejor ser un saco de grasa que un brazo de gitano con asas! —le contesté a gritos.

Por un momento el recortable del príncipe Carlos se quedó sin aliento. Después volvió en sí.

—¿Qué has dicho, cerdito gordo? —jadeó y saltó de la bicicleta—. Hay un refrán que dice a cada cerdo...

Por suerte estaba tan enfadado que tropezó con su bicicleta. Eso me dio ventaja, pero no suficiente. Tenía que ocurrírseme alguna cosa en seguida. Mientras corría para salvar la vida, miré desolado

alrededor buscando un escondite. Me dirigí a un pequeño callejón. Delante de un muro había dos cubos de basura. Me escondí detrás de ellos. Olía que apestaba. Pero me daba igual. Mi corazón latía tan fuerte que en algún momento temí que llegara a delatarme.

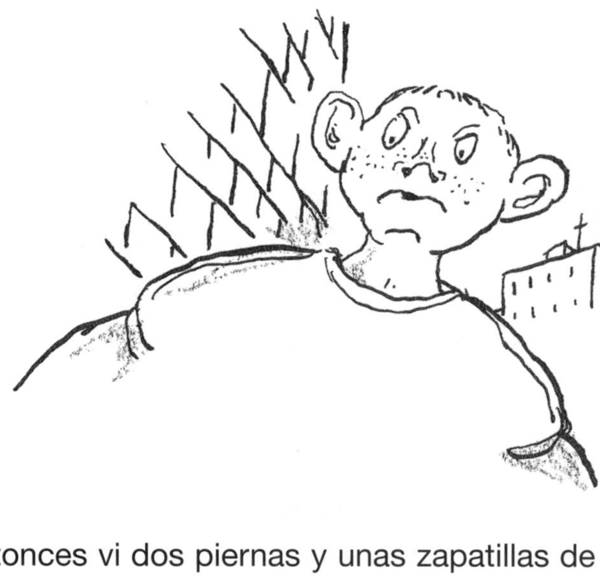

Entonces vi dos piernas y unas zapatillas de deporte enormes. Sólo podía tratarse del feo gigante. Se quedó allí. Probablemente miró alrededor. Después, lentamente, fue hacia los cubos de basura. Sólo era cuestión de segundos. Entonces me imaginé la pinta que tendría yo sin dientes.

Y de repente noté algo blandito en mi espalda. Me tocó un par de veces y después se metió por debajo de mi chaqueta.

Mi estómago dio un vuelco, mi corazón se paró y empecé a sudar, pero no podía moverme.

En ese momento la cosa que se había colado en mi chaqueta empezó a silbar. Pensé en qué tipo de animal se mueve normalmente cerca de los cubos de basura. Y la lista no fue muy larga. ¡Las ratas! Mi estómago se rebeló. Seguro que esos asquerosos cuadrúpedos empezarían a mordisquearme en seguida con gusto.

Las zapatillas de deporte gigantes se acercaban cada vez más. Un solo paso y me tendría en sus manos. Cuando ya estaba a punto de perder todas las esperanzas, llegó la salvación. Fue hacia mí. Sólo pude ver cuatro patas que frenaron justo delante de los cubos de basura. El perro al cual pertenecían debía de ser más o menos tan grande como un ternero. Gruñó y ladró. Yo no sabía si su furioso ataque iba dirigido a mí o a las zapatillas de deporte. Nunca en mi vida había sentido tanto miedo. Tenía delante a un gigante pecoso que, sin duda, me daría una paliza, un perro que me comería si me descubría y algo aún sin identificar que silbaba bajo mi chaqueta.

—¡Largo de aquí, perro asqueroso! —berreó el gigante.

El perro ladró y gruñó con más fuerza. De repente, oí tintinear un objeto, e inmediatamente después las cuatro patas del perro se alejaron a toda prisa. Seguramente el tipo le había lanzado una lata o cualquier otra cosa parecida.

Tomé aliento. No sólo porque me había librado del perro, sino también porque las zapatillas de deporte se alejaban en dirección a la calle principal. Así se habían neutralizado dos enemigos de una sola vez. Ahora sólo quedaba el extraño de debajo de mi chaqueta. El silbido que producía no era melódico. Parecía más bien una vieja caldera. ¿Silban las ratas de esa manera? Yo no estaba muy seguro. Pero sólo había una forma de averiguarlo: mirando.

Eché mano de todo mi valor y con manos temblorosas me levanté la chaqueta. Estaba ya preparado para encontrarme la horrible cara sonriente de toda una familia de ratas, cuando me topé con ¡un par de ojos marrones de perro! Y ellos me miraban a mí como si tuvieran todavía más miedo que yo. Cuando mi corazón y mi estómago se calmaron un poco, observé más detenidamente a mi inquilino.

Se trataba de un ejemplar bastante pequeño. La raza era indescriptible. Me olisqueó un rato. Entonces acercó su hocico a mi cara y me la lamió de arriba abajo. Vi que le faltaba un par de dientes. Probablemente, por la excitación y el miedo, había respirado tan rápidamente, que el aire filtrado entre los huecos de los dientes que le faltaban había producido ese extraño silbido. Tengo un tío al que le falta un incisivo y es capaz de silbar las más fantásticas melodías por el hueco del diente. Me pregunto si un perro también podría aprender a hacerlo, claro está, si se practica bastante con él.

Busqué su collar. No llevaba. La verdad es que me habría extrañado haberlo encontrado, por el aspecto desastrado que tenía. Su pelo estaba desgreñado, como si una bandada de polillas se lo hubiera merendado. Además le faltaba un trozo de oreja izquierda, a causa de un mordisco, deduje.

—¿Te perseguía el perro grande? —le pregunté a mi pequeño amigo silbador.

Como respuesta me volvió a lamer la cara de arriba abajo.

—¡Eh, tío, eh! ¡Parece que nos hemos salvado mutuamente!

Esta vez pude esquivar su lengua. Salí de detrás de los cubos de basura a rastras, con cuidado. El pequeño me siguió con el mismo cuidado.

—No hay moros en la costa —le dije, y le di una palmadita en los cuartos traseros.

—Sé bueno. A lo mejor nos volvemos a ver.

Me miró con tristeza y se alejó trotando.

Me acerqué hasta la casa de la esquina y miré hacia la parte baja de la calle principal. Al tipo de la bicicleta no se le veía por ninguna parte. Respiré hondo y, aliviado, me fui hacia casa más deprisa que nunca.

Apenas había dado un par de pasos, cuando pensé en la señora Sulte-Stratmann.

¿Por qué no me la podía quitar de la cabeza? La veía en la clase, acercándose hacia mí con sus altos tacones. Entonces tuve una idea que me asustó. ¡La mujer del vestido rojo! ¿Era la señora Sulte-Stratmann la que había visto con aquel hombre en la acera de enfrente?

Pero la señora Sulte-Stratmann tiene el pelo oscuro y ese vestido rojo no se lo había visto nunca. Quizá llevaba una peluca, pensé inmediatamente. Aunque eso no le pegaba en absoluto. Estaba empezando a volverme loco de verdad.

Cuando se lo cuente a Charly, seguro que cree estar sobre la pista de un caso criminal. Incluso quizás Estefi cambie de opinión. Pero, ¿debería contarles lo ocurrido? Probablemente sólo me tomarían por loco y creerán que veo a nuestra *profe* de Naturales en todas las mujeres. ¿Y qué pasa si Charly está en lo cierto y la señora Sulte-Stratmann ha conseguido el dinero de forma ilegal? ¿Y si el hombre que estaba con ella tiene algo que ver? ¡Su novio! Seguro que era su novio. Lo más probable es que sea un estúpido tipo culto, que sólo quiere aprovecharse de ella. Visto por detrás, ya tenía un aspecto bastante antipático. ¿Por qué las mujeres más fantásticas tropezarán siempre con hombres inadecuados? Sólo me tranquilizaba una idea: tal vez mi fantasía me la había jugado. Seguro que la mujer de pelo rubio no era la profesora Sulte-Stratmann, sino una mujer cualquiera a la que no volvería a ver nunca más.

Tan metido estaba en estas reflexiones que no me di cuenta de lo que pasaba a mi alrededor, así que hasta poco antes de llegar a la puerta de mi casa no oí, detrás de mí, un silbido flojito, como el de una vieja caldera.

3
Se busca casa

No hacía falta que me diera la vuelta para saber de qué se trataba. De todas formas lo hice. Allí estaba, con la cabeza inclinada y silbando a través del hueco del diente. Estuvimos un rato mirándonos. A lo mejor yo también incliné la cabeza. El perrito no se movió del sitio hasta que yo me agaché, entonces vino hacia mí. Cuanto más miraba al pobre animalillo, más me gustaba. Prescindiendo del pelo desgreñado, de la oreja mordida y del hueco del diente, era bastante mono. Sólo necesitaba unos cuantos arreglos.

—Bien, pequeñajo, ¿por qué me has seguido? —le pregunté cuando se acercó a mi lado—. ¿Y cómo te llamas?

En ese momento me di cuenta de que estaba en medio de la calle, arrodillado ante un perro y haciéndole preguntas estúpidas. Ojalá no me hubiera oído nadie.

Pensé en cómo se llamaría: ¿Waldo, Fifi, Príncipe, Hans? Ninguno de los nombres que se me ocurrían le pegaba. Además era mejor no ponerle aún ningún nombre. Tampoco podía quedármelo.

—No puedes quedarte conmigo, pequeño —le dije—. Mi madre no lo consentiría nunca.

Le volví a dar una palmadita en el lomo.

—Bien, adiós. Desaparece.

O no me había entendido, o no quería entenderme. En lugar de irse, se sentó sobre el pavimento e inclinó un poco más la cabeza. El silbido paró. Quizá mi voz lo tranquilizó. Para entonces ya me sentía un poco responsable de él. Comparado con él, a mí la vida me iba muy bien, así que, si me quedaba más rato arrodillado delante de él, se me partiría el corazón al echarlo, por lo que decidí poner punto final. Me puse de pie sin previo aviso y corrí hacia la puerta de mi casa. Por suerte no estaba demasiado lejos.

Miré a mi alrededor, porque estaba seguro de que me seguiría. Mientras corría busqué la llave de mi casa en el bolsillo del pantalón. La encontré en seguida. En un santiamén estaba ante la puerta. Pero no fui lo suficientemente rápido. Antes de meter la llave en la cerradura, el perro se me subió encima moviendo la cola. Su lengua le colgaba medio metro por debajo del cuello. A lo mejor creía que quería jugar con él. No tenía sentido. Debía utilizar métodos más severos.

—¡Te he dicho que desaparezcas! —le grité—. ¡Vete de una vez!

En ese momento dejó de saltar, dio tres pasos atrás, metió el rabo entre las piernas y me miró con sus grandes ojos tristes. Me di la vuelta, abrí, me apresuré a entrar y dejé que la puerta se cerrara tras de mí. Casi se me partió el corazón, pero no tuve más remedio que hacerlo. Rendido, me apoyé en la puerta de entrada.

Al mismo tiempo, fuera, empezó un ruido tan terrible que casi me rompió el tímpano. ¿Cómo era posible que un perro tan pequeño pudiera llorar de esa manera tan atroz? Me tapé los oídos con las manos. No sirvió de nada. Llegó un punto en que ya no podía aguantar más. Entreabrí la puerta, quizás así podría tranquilizarlo un poco. Eso había estado esperando aquella maraña de pelos, y antes de que me diera cuenta se metió por la rendija de la puerta en la portería de casa. Entonces se acabaron los berridos. Aunque ahora silbaba por el hueco del diente como si fuera un órgano oxidado. Y ese otro ruido era todavía más insoportable que el anterior.

¿Qué podía hacer? Estaba visto que era incapaz de deshacerme de él. Pero mamá nunca me dejaría que nos quedáramos con él.

—Ya tengo bastante trabajo —me dijo una vez, al preguntarle si podía tener un perro—. Ahora vivimos solos tú y yo. No podría ocuparme de él.

Mis promesas de que yo cuidaría de él tampoco sirvieron de nada. Recuerdo que me enfadé bastante. Ahora también lo estaba. Si no podía invitar a mis amigos a casa, por lo menos quería tener un perro.

Cogí en brazos al pequeño silbador.

—Me quedaré contigo —le susurré en su oreja mordida—. Me da igual lo que diga mi madre.

Como si me hubiera entendido, se acomodó en mis brazos y dejó de silbar. Tenía un nuevo amigo.

Cuando subía con él por la escalera, se me ocurrió una idea. Pensé que sería un perro estupendo para Charly & Company.

Me lo llevé a mi habitación. Asalté la nevera, mezclé bien todos los restos y los puse en una pequeña fuente. No tenía un aspecto muy apetecible, pero a mi amigo le pareció lo más exquisito que había tenido jamás delante de las narices. Mientras se lo zampaba todo con ruidos y gruñidos pensé en cómo debería llamarle. Pero tampoco esta vez se me ocurrió ningún nombre que le pegara.

Cuando acabó de comer, me calenté la cena que mi madre me había preparado. Mi nuevo amigo me miraba interesado y meneaba la cola como si esperase algo. Pensé que debía empezar a educarlo inmediatamente.

Le lancé un trozo de salchicha a los pies y le dije con seriedad:

—Puedes comerte esto, si me prometes que no volverás a pedir limosna.

Me miró con cara de culpabilidad y se lo comió.

Después de la cena intenté enseñarle un par de piruetas. Eso convencería a Charly y a los demás de su utilidad para Charly & Company. Empecé por: «¡sentado!» y «¡de pie!». Pero el perro no entendía qué era lo que yo quería decirle. Me miraba, inclinaba la cabeza y meneaba la cola. A veces también silbaba flojito. Por un momento pensé que mi nuevo amigo era tonto. Aunque en seguida deseché tal sospecha, como diría Charly.

Miré el reloj. Pronto volvería mi madre. Quería que me encontrara durmiendo. Así no me haría demasiadas preguntas. Si no, mis respuestas me delatarían. Antes de tumbarme intenté obligar a mi amigo a que durmiera debajo de mi cama y no encima de ella. No quería que mi madre lo viera cuando echara una ojeada en mi habitación. Mi madre tiene una vista de águila cuando se trata de descubrir algo que me va a traer problemas.

Apenas me había cubierto con la colcha cuando me quedé dormido.

Soñé con un gran caso de Charly & Company. Teníamos el encargo de encontrar a la hija de un millonario que había sido raptada. La chica era muy guapa y se parecía mucho a la señora Sulte-Stratmann, aunque era rubia. Aparte de eso, el resto del sueño era muy realista. Charly, Estefi, Rabanito y yo éramos los protagonistas, con la diferencia de que yo era el jefe y Charly tenía que hacer todo lo que yo le mandaba. Era un sueño muy bonito. Después de una persecución terrible, cogíamos al gángster y liberábamos a la señora Sulte-Stratmann, es decir, a la hija del millonario. Noté el agradecimiento en sus ojos. La llevamos a un escondite seguro para que descansara antes de que los periodistas la molestaran con sus preguntas. Pero el jefe de los gángsteres no se rendía fácilmente. Por la noche, nos espiaba desde un callejón oscuro con sus guardaespaldas. Curiosamente todos tenían orejas como velas de barco y pecas en la cara. Charly llamaba a gritos a su madre. Estefi y Rabanito también me dejaban en la estacada. Así que tenía que enfrentarme yo solo a los criminales. Pero eran demasiados. Después de enviar a tres de ellos de un puñetazo al reino de los sueños, los restantes se abalanzaron contra mí.

Me defendí con todas mis fuerzas. Tuvieron que sujetarme entre cuatro, mientras el jefe de los gángsteres intentaba sonsacarme el escondite de la señora Sulte-Stratmann. Pero yo me mantuve firme. Ni siquiera cuando empezaron a torturarme, pegándome con un trapo mojado en la cara, dije nada. El criminal volvía al ataque y el trapo corría silbando por el aire para aterrizar en mi cara con un fuerte golpe. Estaba asquerosamente húmedo y olía de manera muy desagradable. Intenté liberarme, pero los guardaespaldas me sujetaban con sus puños de hierro.

Entonces me desperté sobresaltado y lo primero que vi ante mis ojos fue un trapo rojo y mojado que cruzaba mi cara. El trapo desapareció y oí un silbido. Intenté levantarme, pero no pude. Algo sujetaba mi brazo. Poco a poco mis ojos se acostumbraron a la oscuridad y pude ver lo que pasaba. Mi amigo de cuatro patas estaba encima de mí. Había colocado sus patas delanteras sobre mi brazo. Con su asquerosa lengua húmeda y tibia me lamía la cara. Y mientras, silbaba una melodía por el hueco del diente.

—¡Eh, tío, eh! ¡Largo de aquí, cerdo! —le grité, e inmediatamente saltó fuera de mi cama.

Me sequé la cara con la manga de la chaqueta del pijama. El olor de la saliva del perro me dio náuseas. Fisgoneé en la oscuridad. El perro estaba silbando delante de la puerta y la arañaba como un loco. Comprendí en seguida qué significaba eso. ¡Necesitaba salir!

¡Lo que faltaba! Si no encontraba algún árbol o alguna farola, dejaría un charco en mi alfombra. Aparte de esa marranada, sólo habría faltado que lo hubiera hecho encima de la cama.

No me quedaba más remedio que sacarlo a la calle, a pesar de tener que pasar por delante del dormitorio de mi madre. A lo mejor tenía suerte y ella no se despertaba.

—Voy a salir contigo. Pero calladito, ¿eh? —le dije muy serio—. Si mi madre se entera, se nos acabó la broma. Y tú volverás a dormir en el cubo de la basura.

Me miró como si me hubiera entendido. Sólo me descuidé un momento, ¡lástima!, pues en ese mismo instante, cuando pasábamos justo por delante del dormitorio de mi madre, él empezó a ladrar, o al menos eso parecía. Era la primera vez desde que nos conocíamos que hacía una cosa así.

¡Estupendo! Como suele decirse: se me heló la sangre en las venas. Mi madre abrió la puerta en el acto, como si nos hubiera estado esperando.

—¡Dios mío, Federico! —gritó—. ¡Tienes una tos terrible! ¿Te has constipado?

Había esperado cualquier cosa: bronca, gritos, bofetada. ¿Pero eso?

—¿Yo? ¿Eh? ¿Tos? No sé —contesté con mucha sangre fría.

En ese momento mi madre descubrió el perro.

—¿Qué es eso? —me gritó.

—Nada, mamá. Sólo es un perro.

—¿Sólo un perro? ¡Federico, cuántas veces te he dicho que no quiero perros en casa!

—Pero mamá, me ha seguido. He intentado deshacerme de él varias veces y siempre ha conseguido encontrarme de nuevo. Además, aullaba como un loco. ¡De verdad! No sabía cómo librarme de él.

—¿Y qué piensas hacer con él? No querrás quedártelo.

—No lo sé, mamá —contesté—. En realidad, aún no lo he pensado.

—¡No lo sé, no lo sé! —gritó mamá—. Federico, ¿por lo menos sí sabrás por qué estás andando sigilosamente con el perro por la casa a media noche?

—Tiene que salir —miré a mi pequeño amigo.

Parecía que no fuera a resistir mucho más tiempo.

—¡Sólo faltaría que se meara en la alfombra! —dijo mi madre.

—Por eso voy a llevarlo rápidamente delante de la puerta.

Pero mi madre me cogió del brazo con fuerza.

—¡Ni hablar! A estas horas no vas a rondar por ahí fuera. ¡Iré yo!

Antes de que yo reaccionara, ella ya se había echado la bata por encima y corría hacia la puerta. Mi pequeño amigo no había entendido en absoluto qué demonios pasaba. Estaba allí a dos patas, mirándome y meneando alegremente la cola.

—¿Qué pasa? —dijo mi madre—. ¿Vienes o tengo que llevarte en brazos?

Esta vez lo entendió perfectamente, y como un rayo corrió hacia la puerta.

Cuando los seguí con la mirada, no me dieron muy buena espina.

Aunque me costó, decidí volver a la cama. Mi madre ya estaba bastante enfadada. Naturalmente, no me podía dormir. Tumbado en la oscuridad, agucé el oído. No tuve que esperar mucho rato. Tras un par de minutos oí cómo la puerta principal se abría.

No pude resistirme. En silencio, bajé de la cama, abrí un poco mi puerta y miré hacia fuera. No podía creer lo que estaba viendo. ¡Mi madre se encontraba sola! Abrí del todo la puerta.

—¿Dónde está el perro, mamá?

—Lo he dejado fuera. Cuanto antes te separes de él, mejor. Tampoco ha hecho muchos intentos de correr tras de mí. Pertenecerá a alguien. Se alegrará cuando lo recupere.

—¡Pero si no tiene collar! —grité yo—. Seguro que no es de nadie. Eres mala, mamá.

—No soy mala, Federico. Soy sensata.

—Pero yo no quiero ser sensato. ¡Quiero ese perro!

—Federico... —suspiró mi madre.

Odio esos suspiros. Me da la impresión de que no me toma en serio. Me puso sus brazos sobre los hombros. Eso me consoló un poco.

—Ven, vamos a la cocina. Hablemos.

Mi madre preparó cacao para los dos. Mientras lo hacía, no dijimos ni una palabra. Yo sólo la miraba. La verdad es que me gusta cuando nos ponemos cómodos para hablar. Rara vez tenemos oportunidad de hacerlo.

—Bien —dijo mi madre cuando tuvimos nuestro humeante cacao delante—. Hablemos del tema con sensatez.

¡Sensatez! Ahí yo no tenía ninguna posibilidad, estaba seguro.

—¡Quiero recuperar a mi perro! —le contesté, sin embargo.

—¡Por Dios, Federico! No seas tan testarudo. En primer lugar, no es tu perro. Dios sabe a quién pertenecerá. Y además, aquí no podemos tener ningún animal.

—¿Porque el dueño de la casa está en contra?

—Sí, pero no es sólo por eso. No le haremos ningún favor al perro si nos lo quedamos. Apenas podríamos ocuparnos de él. Yo, por lo menos, no tengo tiempo. Sabes muy bien que trabajo un montón de horas.

Miré mi taza de cacao.

—Ya lo sé, mamá.

—¿Lo entiendes, hijo mío? Mírame cuando te hablo, por favor.

Sentí cómo se apoderaba de mí la ira, como siempre que me doy cuenta de que mi madre y yo no podemos llevar una vida como la mayoría de las personas.

—Sí, lo comprendo —admití—. ¡Como siempre! Siempre tengo que acabar comprendiéndolo. ¿Por qué, para variar, no me entiendes tú a mí? ¿Qué culpa tengo yo de que papá se largara?

En el preciso momento en que lo dije, me arrepentí.

—Perdona, mamá.

Primero, mi madre no dijo nada. Me miró como si estuviera enfadada y triste a la vez. Después, me rodeó con sus brazos y me dio un beso en la frente.

—Yo también querría una vida diferente, créelo. Y respecto al perro, no tendría nada que objetar si supiera con seguridad que alguien se va a ocupar siempre de él.

—Yo podría…

No hizo falta que continuara hablando. Mamá negó con la cabeza.

—¿Y qué harás cuando estés en el colegio y yo

trabajando? No puedes dejar tanto tiempo solo a un perro. Sobre todo, si lo tienes en un piso.

Me rendí. Podría haber estado toda la noche asegurándole que yo me ocuparía de él, pero no habría servido de nada.

—Qué más da, si ya no está aquí —dije flojito—. Además, probablemente tienes razón.

—Me gusta que seas tan sensato, Federico. Ahora vete a la cama. Mañana tenemos que madrugar los dos.

Me acabé el cacao, le di a mi madre un beso de buenas noches y me fui a mi habitación. Mi madre, al igual que yo, no pudo dormirse en seguida. Por debajo de su puerta vi luz durante mucho rato.

4
Asaltantes de banco, profesores y perros

A la mañana siguiente, tenía tanto sueño que por poco me quedo dormido lavándome los dientes. Me propuse no hablar del perro durante el desayuno. Sencillamente, quería olvidarlo. Me sorprendió mucho que, de repente, mi madre volviera a sacar el tema.

—Dime, Federico, tienes buenos amigos, ¿verdad? Siempre me cuentas que lo pasáis la mar de bien con vuestra banda de detectives. Así que no necesitas ningún perro.

Por poco me atraganto con el bocadillo. ¡Ella no tenía ni idea!

—Pero si se trata de eso, mamá. Precisamente un detective necesita un perro. Eso lo sabe todo el mundo. Seguir pistas, buscar huellas..., para todo eso un perro es imprescindible. Algunos casos no se pueden resolver sin ellos.

—¿Es que tenéis algún caso que resolver?

Pensé en la señora Sulte-Stratmann, pero preferí no desvelar ningún detalle.

—Bueno, en estos momentos no tenemos ninguno en concreto —dije.

Mi madre se rió a carcajadas.

¡Qué habíamos hecho nosotros para que nadie nos tomara en serio!

—¿Por qué no intentáis resolver el robo al banco?

—¿Qué robo al banco? —pregunté, pues eso me interesaba.

—¿No te has enterado? Venía hace un par de semanas en el periódico. Deberías leer más a menudo la prensa, Federico. Ya tienes edad.

Sí, claro, ahora me acordaba. Charly había convocado una reunión. Discutimos si ése era un caso para Charly & Company. Pero Estefi y Rabanito votaron en contra. Sobre todo Rabanito, que opinaba que era un caso demasiado peligroso.

—Sí, sí... Oye, ¿qué ponía exactamente en el periódico? —pregunté pensativo.

Yo no había leído la noticia. Charly nos lo había explicado.

—Hace un par de semanas atracaron un banco muy cerca de aquí. Por suerte, nadie resultó herido, pero los ladrones se hicieron con un gran botín.

—¿Y aún no los han cogido?

—Que yo sepa, no. Por lo menos yo no lo he leído. Se sabe que eran varios y que había una mujer entre ellos. Se les fotografió con una cámara automática, pero las fotos no sirvieron de nada.

—¡Es verdad! —grité—. Ahora me acuerdo. ¿A que iban enmascarados?

—Creo que no, si no recuerdo mal, en el periódico ponía que llevaban unas gafas de sol bien grandes y pelucas.

Esta vez me atraganté de verdad con el desayuno. «Pelucas», pensaba todo el rato, mientras tosía y mi madre me daba golpes en la espalda. «Pelucas…»

Ya en la calle no pude dejar de pensar en otra cosa que no fuera el robo al banco. Todo encajaba. ¿O no? La mujer que yo había visto llevaba una peluca… No, mentira, la mujer se parecía a la señora Sulte-Stratmann y, si se trataba de ella, entonces sí llevaba una peluca. Pero si no era ella, entonces quizás esa mujer no llevaba peluca, y pensándolo bien lo más probable era que no se tratase de nuestra profesora. Cada vez estaba más confundido.

¿De dónde había sacado la señora Sulte-Stratmann el dinero para ese coche tan caro? Y además, ¿no había empezado a comprarse vestidos caros hacía tan sólo un par de semanas? Sin embargo, podía haber conseguido el dinero de cualquier otra forma. Por ejemplo, haberlo ganado en la lotería, o que fuera heredado, o que lo hubiese ahorrado.

En cuanto se lo contara a Charly, seguro que él se inclinaba por la banda de gángsteres. Y haría todo lo posible para declararla culpable. Estefi y Rabanito no volverian a decir que todo eran meras suposiciones. Quizá fueran a la policía. Quizá detuvieran a la señora Sulte-Stratmann, y entonces yo tendría que declarar en contra de ella en la comisaría. Pero, ¿y si era inocente? ¿Y si, por mi culpa, la metían en la cárcel sin motivo? Nunca más podría volver a mirarla a los ojos. No, no lo iba a consentir.

De nuevo decidí no contar nada a los demás sobre la mujer de la peluca, el robo al banco y mis sospechas. Con suerte, se aclararía todo pronto. Al fin y al cabo, la policía entiende más de crímenes que nosotros.

Andaba por la calle como en un sueño. El camino a la parada del autobús lo había hecho tantas veces que mis zapatos lo habrían encontrado por sí solos, así que no vi al perro hasta que me desplomé en el banco de la caseta, junto a la parada del autobús.

—¿Qué haces aquí? —le grité tan fuerte que

la gente que esperaba el autobús, y que probablemente estaba tan dormida como yo, se dio la vuelta asustada.

Se encontraba delante de mí, desgreñado, con el hueco del diente, la oreja mordida y meneando la cola. Estoy seguro de que me habría sonreído si los perros pudieran hacerlo.

¡Eso significaba una señal! No lo pensé ni un segundo.

—Te llevaré al colegio conmigo —le dije.

Su cola empezó a dar vueltas como si fuera la hélice de un helicóptero. ¡Me había entendido! No tenía ni idea de qué nos pasaría a los dos, pero quería llevármelo conmigo. ¡Nos pertenecíamos el uno al otro! De eso estaba convencido.

El conductor del autobús casi me lo estropea todo.

—El perro tiene que pagar medio billete —cacareó.

¿Por qué tendrán los conductores de autobús siempre tan mal humor? Me había gastado la paga en chucherías y ahora no tenía ni un duro.

—¡Pero si no tengo más dinero!

—¡Entonces el perro se queda fuera!

—Deje pasar al chico, hombre —dijo una voz de repente.

Me di la vuelta. Se trataba de una amable viejecita que estaba sentada en la primera fila del autobús y que revolvía en su bolso.

—Yo le compraré el billete al perro. Ya es bastante dramático que se hagan experimentos en los laboratorios con estos pobres animales, como para que encima tengan que pagar el billete del autobús.

Le quería agradecer el gesto, cuando me miró con expresión severa.

—Y tú deberías cuidar mejor a tu pequeño amigo, jovencito. Tiene un aspecto deplorable.

Murmuré rápidamente un «gracias» y me apresuré en ir a la parte trasera del autobús, antes de que a otros pasajeros se les ocurriese pensar que había sido yo el de los experimentos en el laboratorio. Pero estaban demasiado distraídos con sus periódicos como para interesarse por mí. Me puse a mi amigo en el regazo e intenté borrar de mi cabeza a la señora Sulte-Stratmann.

En su lugar, empecé a planear cómo lograr quedarme con el perro, a pesar de la oposición de mi madre. Pero por mucho que intentaba dar con una solución, no la encontraba. Quizá los otros miembros de Charly & Company me darían alguna idea. Les contaría lo del perro. ¿Qué dirían de él? Seguro que estarían tan contentos como yo. ¡Podríamos educarlo como si fuera una especie de perro detective! Lo miré e inmediatamente me volvieron las dudas. No tenía el aspecto que uno suele imaginarse de un perro que ayuda a los detectives a resolver sus crímenes. Más bien todo lo contrario. Me desinflé totalmente. Ya no me hacía ilusión enseñárselo a Charly, Estefi y Rabanito. Tenía miedo. Me imaginé las frases que me soltarían. Finalmente, decidí que de momento lo escondería para ir preparando a los demás poco a poco.

Durante el trayecto de la parada del autobús hasta el colegio no se separó ni un milímetro de mi lado. Creo que se sentía como pez en el agua. Cuando quedaban escasos metros para llegar al colegio, me dirigí a un callejón. Allí había un terreno con hierba alta y muchos arbustos. Lo llevé tras uno de ellos y me agaché delante de él.

—Ahora escúchame bien —empecé a decirle despacio, esperando que me entendiera—. Yo tengo que ir al colegio y allí no puedes acompañarme. Espérame aquí. Después te recogeré. ¿Lo has captado?

A pesar de esforzarme mucho, no reconocía ningún signo de entendimiento en la cara apabullada del perro. Así pues, me arriesgué a ver qué pasaba. Me puse de pie y me fui sin más. A decir verdad, había esperado que saltara y corriera detrás de mí. Pero, para mi sorpresa, se quedó donde estaba. Miré hacia atrás. Se había sentado y me miraba con la cabeza inclinada. Rogué fervorosamente que aún estuviera allí cuando yo regresara.

Cuando llegué al patio del colegio, me recibió un griterío horroroso. No tardé en descubrir a Charly, Estefi y Rabanito entre los compañeros. Como casi siempre, estaban en una esquina cuchicheando.

—¡Hola, Fede! —me saludó Estefi—. Hoy llegas tarde, normalmente eres el primero. ¿Has perdido el autobús?

Contesté negando con la cabeza. Aunque temía que no les gustara mi perro, tenía tantas ganas de contárselo que por poco reviento.

—¿Qué te pasa? —me preguntó Charly, mientras yo reflexionaba—. Parece que estés en las nubes.

Estefi rió.

—Siempre lo parece.

—¡Eh, tía, eh! ¡Muy graciosa!

Estefi volvía a la carga. Eso podía ponerse al rojo vivo.

—A ver, ¿qué te pasa? —volvió a preguntar Charly.

No pude aguantar más.

—Ha ocurrido algo.

Inmediatamente todos aguzaron los oídos.

—¿Qué ha ocurrido? —preguntó Rabanito.

—¡Cuéntanoslo! —dijeron todos.

—Me ha seguido un perro. Un perro estupendo, de verdad. No es que sea una belleza, pero es muy listo.

—¡Un perro! —gritó Charly.

—¡Sí, un perro! Siempre he querido tener uno, y ahora lo he conseguido. ¿Lo entendéis? ¡Tengo un perro!

—Vale, vale, de acuerdo —dijo Charly—. Cálmate. ¿Dónde está tu súper perro?

—¡Eh, tío, eh! Si no dejáis de meteros conmigo, no pienso enseñároslo.

—Muy bien. Pero, ¿dónde lo has metido?

—Lo he dejado a una calle de aquí.

Estefi me miró incrédula.

—¿Y por qué crees que aún estará allí cuando vuelvas?

—Porque se lo he dicho.

Charly tomó aire.

—¿Queeeeé? ¿Porque se lo has dicho? ¿Nos quieres tomar el pelo?

—Cuidado con lo que dices, sabiondo, en el recreo os lo enseñaré. ¡Ya lo veréis!

Charly se me acercó mucho.

—De acuerdo. Lo haremos así. ¡Pero prepárate si no es verdad!

—Si está prohibido salir del patio durante el recreo —dijo Rabanito.

No pudimos responderle porque sonó el timbre de la primera clase.

—¡Tu hermano es un miedica! —le gruñó Charly a Estefi mientras atravesábamos el patio.

Estefi se encogió de hombros.

—Siempre ha sido así, pero cuando hace falta, puedes confiar en él.

Debo admitir que en las primeras dos horas no seguí la clase muy concentrado, como dirían los profesores. Ahora tenía tres problemas. No sabía qué dirían Charly & Company de mi perro, en el caso de que éste aún me esperara. Y a pesar de los esfuerzos, no me podía quitar de la cabeza a la señora Sulte-Stratmann y el robo al banco. Y para colmo, en la cuarta hora teníamos Naturales. ¿Cómo podría mirarla a los ojos?

Nuestra escapada durante el recreo para enseñar mi perro a los demás fue mejor de lo que esperaba. El «Gran Siggi», nuestro profesor de Lengua, estaba de guardia. A Kay y a Tomás, dos compañeros de nuestra clase, los habíamos sobornado con Coca-Cola y rosquillas de chocolate. Simularon una pelea. Con ella, el «Gran Siggi» se distrajo y pudimos escaparnos sin que se diera cuenta.

Cuando llegamos al callejón donde se encontraba el terreno abandonado, mis manos se humedecieron y me entró una sensación muy rara en el estómago. Recé para que el perro continuara allí. Y aunque no había deseado otra cosa, me asusté cuando de repente salió disparado de detrás de un arbusto y saltó como un loco hacia mí e intentó lamerme en la cara.

—¡Aggs! —gritó Rabanito—. ¡Te ha lamido toda la cara! ¡Qué asco!

Entonces el perro se dio cuenta de que yo no había llegado solo. Se quedó quieto como una estatua y miró con temor a mis compañeros detectives. Eso les dio la oportunidad de contemplar a mi nuevo amigo con tranquilidad. Intenté leer en sus caras lo que pensaban.

—De alguna manera pega contigo, Fede —dijo Estefi al fin.

Todavía hoy no sé muy bien qué quiso decir exactamente con eso. Pero, por lo menos, no se burló de mí inmediatamente.

—Bien, ¿qué os parece? —pregunté a Charly y Rabanito, que no comentaban nada.

Charly infló las mejillas.

—Pse, ¿qué quieres que te diga? Es..., eh..., realmente especial.

—¿Verdad que sí? ¡Yo también lo creo!

—¿Por qué le falta una oreja? —quiso saber Rabanito.

Me encogí de hombros.

—La perdería en un combate. Pero sólo le falta media.

—¿En un combate? —preguntó Estefi soltando otra vez una de sus risitas tontas.

—¿Es un boxeador profesional?

Quizá no habría sido tan grave si, justo en ese momento, no hubiera enseñado la dentadura.

—¡Exacto! ¡Un boxeador profesional! —aulló Charly—. Por eso le han arrancado un diente.

Y como si fuera una señal, el perro lanzó un silbido por el hueco del diente.

Me pregunto cómo unas personas que pretenden ser detectives pueden ser a la vez tan tontas. Se retorcían de risa, se daban palmadas en los hombros unos a otros y danzaban dando vueltas como conejos de Pascua. Y a su alrededor saltaba alegre y silbaba por el hueco del diente el pobre infeliz del que se reían. El pobre creía que se trataba de un juego. Cada vez que veía que Charly, Estefi y Rabanito se calmaban, volvía a silbar, y entonces todo comenzaba de nuevo.

Por fin se tranquilizaron, quizá porque estaban tan cansados que ya no podían seguir riendo.

—¡Sois insoportables! ¿Lo sabíais? —les grité

de tal manera que el perro puso el rabo entre las piernas y me miró asustado.

Charly se secó las lágrimas de los ojos.

—Hombre, ¿es que no aceptas una broma? Ha sido muy divertido. El perro es auténtico.

—¡Y tan musical...! —cacareó Rabanito.

—Ahora en serio —dijo, naturalmente, Estefi—. ¿Qué quieres hacer con el perro, Fede?

—¡Quedármelo! Está claro. He pensado que nos podría ser muy útil.

—¿Cómo? ¿Qué insinúas con eso? —quería saber Charly.

—¡Menuda pregunta más estúpida! Cómo no. Pues un perro puede ser de gran utilidad para nues-

tra agencia Charly & Company. Ya os lo he dicho cien veces.

Estefi miró con compasión a mi pequeño amigo.

—Bueno, la verdad es que no tiene el aspecto que uno se imagina de un perro detective. Pero mono sí que es.

Charly hizo una mueca de desdén.

—¡Mono! Lo que en realidad necesitamos es un perro detective de verdad.

—¿Entonces estás de acuerdo? —dije.

Si Charly aceptaba, los demás no tendrían nada que objetar. Siempre se hace así en Charly & Company.

—¿Qué sabe hacer? —me respondió Charly.

—No lo sé. Pero por lo menos me hace caso.

—Eso ya es un buen comienzo. Un perro obediente es capaz de aprender. Lo que no sepa, se lo enseñaremos. Yo diría que lo mejor es ponerlo a prueba, digamos que será... medio miembro del grupo. Cuando haya demostrado todo lo que sabe, ya veremos qué hacemos con él.

Le alargué mi mano a Charly.

—De acuerdo.

Él me dio la suya.

Miré a los otros dos.

Asintieron.

—¿Cómo se llama?
—preguntó Estefi.

Me encogí de hombros.

—No se me ha ocurrido ningún nombre que le vaya bien.

—Debería ser un nombre bonito —opinó Rabanito—. Así, por lo menos, tendría algo que mereciese la pena.

Estefi sonrió de oreja a oreja.

—¿Qué tal Precioso?

Quería protestar, pero Charly se me adelantó.

—Genial, Estefi. Es el mejor chiste del siglo. Le llamaremos Precioso.

No podían haber encontrado un nombre más horroroso para un perro; sin embargo, estuve de acuerdo. Estaba muy contento de que hubiera sido aceptado por Charly & Company, aunque fuera como medio miembro. Pero aún había un problema.

—Tenemos que decidir quién se lo queda —dije flojito.

Charly, Estefi y Rabanito me miraron sin comprender.

—¿Cómo? —preguntó Rabanito—. Yo creía que te lo ibas a quedar tú.

—Por desgracia, no. Mi madre no está de acuerdo. Y no hay manera de convencerla. ¿No podríais alguno de vosotros...?

—¡Jamás! —me interrumpió Estefi.

—Pero, ¿por qué no? —opinó su hermano—. En nuestra casa hay sitio de sobra.

Estefi se tocó la sien.

—¿Has perdido la *chaveta,* hermanito? Claro que tenemos sitio en el jardín. Pero yo no quiero ni imaginar lo que diría papá si un perro se meara en sus queridos rosales.

Tenía razón. Todos sabíamos muy bien lo susceptible que era el señor Rademacher con su jardín.

—¡Esperad! —dijo de repente Charly—. Tengo una idea. Mi tío y mi tía tienen un jardín muy cerca de aquí. Tuvieron hace tiempo un perro, pero se les murió. Todavía conservan su caseta.

—¿Y crees que permitirían que Precioso se quedase en su jardín? —preguntó Rabanito escéptico.

—No lo sé. Aunque supongo que durante un par de semanas lo podremos dejar allí. La tía Hilde y el tío Werner se han ido de vacaciones. Suelen viajar un par de veces al año. Mis padres cuidan del jardín cuando ellos no están. Para ser más exactos, en realidad nos encargamos mi hermana y yo. Lo mínimo que se les puede pedir es que nos dejen utilizar la caseta del perro.

Con ello se decidió que Precioso se mudaría al jardín de la tía Hilde y el tío Werner cuando acabáramos el colegio. Estaba tan contento que me ofrecí voluntario para llevarle la comida, a pesar de que no sabía de dónde sacaría el dinero para ello.

Estefi miró su reloj.

—Chicos, si no queremos recibir una bronca bestial, tendremos que darnos prisa.

Casi al mismo tiempo los demás miramos nuestros relojes. Tenía razón. Si mi viejo reloj de la Comunión no se equivocaba, hacía dos minutos que había acabado el recreo.

Me arrodillé otra vez delante de Precioso y le obligué a quedarse donde estaba. Después corrí detrás de los otros en dirección al colegio.

Esta vez estaba seguro de que me esperaría.

Cuando llegamos al patio, todavía correteaban algunos rezagados. No era demasiado tarde para entrar en clase sin levantar sospechas.

5
Una bicicleta, una traición y las consecuencias

Tuvimos que esperar un rato al «Gran Siggi». Casi siempre llega tarde. Así que, aunque tengamos que esperarle diez minutos, no por eso nos hacemos ilusiones de saltarnos una clase.

Nadine se había sentado en el pupitre que hay junto a la ventana, como siempre, y miraba atentamente hacia fuera. Suele hacerlo cuando tenemos un rato libre. Me pregunto qué es lo que mirará. Cuando sea mayor, será una de esas personas que se pasan todo el día sentadas con un cojín en el regazo mirando embobadas por la ventana.

—¡La Sulte-Stratmann! —gritó de repente tan alto que todos nos callamos de golpe.

—¿Y qué? —le contestó alguien—. ¿Qué tiene eso de especial? Aquí continuamente llegan profesores escopeteados.

—¡Pero es que viene en bicicleta!

En un santiamén, media clase se apoyó en la ventana. Yo también. Nadine tenía razón. ¡La señora Sulte-Stratmann en bicicleta! Eso era tan extraordinario como que el «Gran Siggi» formara parte del equipo olímpico. Y no es que fuera muy raro ver a un profesor en bicicleta. Muchos la utilizan para venir al colegio, aunque si alguno de ellos se diera cuenta del aspecto tan ridículo que tiene, probablemente iría a pie. Sin embargo, eso no era nada comparado con la señora Sulte-Stratmann. Se tambaleaba por la calzada en un antiquísimo burro de acero; parecía que se fuera a caer de un momento a otro.

—Ésta no ha ido mucho en bicicleta —dijo Rabanito.

—Quizá le falta práctica —intenté defender a nuestra profesora de Naturales.

—Tonterías —dijo Estefi—. La falda es demasiado estrecha. Por eso monta de forma tan extraña.

En efecto. La señora Sulte-Stratmann volvía a estar espléndida. Nunca había visto la falda que llevaba. Era de color azul oscuro y muy estrecha. Demasiado estrecha para montar en bicicleta. ¿Por qué iba así?

—Que más nos da a nosotros —me dijo Charly, alejándome de mis pensamientos—. A mí me interesan otras cosas muchísimo más. Por ejemplo, ¿dónde está el coche? ¡Primero viene en un cacharro viejo, después en un Porsche y ahora en bicicleta!

—Se lo puedes preguntar —dijo Estefi—. A lo mejor te lo dice.

Charly puso cara de desafío.

—¡Está bien, lo haré!

Fue un error. Estefi le alargó inmediatamente su mano.

—¿Qué nos apostamos?

Mientras tanto, todos los que estaban en la ventana con nosotros se percataron de lo que estaba pasando. Miraron a Charly expectantes.

—Dentro de dos horas tenemos clase de Naturales —continuó pinchándole Estefi—. ¿Qué dices?

A Charly no le quedó otra elección. Aceptó.

—Se lo preguntaré entonces. No tengo ningún inconveniente en hacerlo.

De todas formas, su voz tembló un poco cuando lo dijo. Nosotros sabíamos de sobra a qué se debía. Entonces Nadine se dirigió a Charly.

—Que te diviertas —le dijo sonriendo compasivamente—. Y ya puedes ir buscándote un chaleco antibalas.

Durante la clase de Lengua miré un par de veces a Charly. Se encontraba más encogido que nunca.

Cuando el «Gran Siggi» cerró la puerta tras de sí con un terrible portazo, no pude contenerme y fui hacia el pupitre de Charly.

Charly me miró con una expresión que no había visto nunca antes en él. En cierto modo estaba pidiendo socorro.

—¿Crees que me tratará como a Nadine? —me susurró.

—¡Eh, tío, eh! Que no será tan grave. Por lo menos, no te pegará; está prohibido.

—Estefi tiene la culpa de todo —murmuró aún más flojito—. ¿Por qué siempre me obliga a hacer cosas que no quiero?

—¡No lo olvides! —gritó Estefi para toda la clase, como si hubiera oído lo que había dicho Charly respecto a ella—. ¡Si no le haces la pregunta a la *profe* Sulte-Stratmann, me tendrás que llevar la cartera durante una semana entera!

—¿Lo ves? —me dijo Charly por debajo de las risas—. A eso me refería.

—¡Qué bien que estéis de tan buen humor! —nos gritó la señora Sulte-Stratmann en ese momento—. Es el ambiente adecuado para realizar un pequeño examen.

Las risas se transformaron de golpe en un silencio sepulcral. Por suerte, esta vez había estudiado Naturales. No quería decepcionarla de nuevo, ya había hecho bastante el ridículo en el último examen. A pesar de todo Charly no consiguió salvarse de la apuesta, pues los exámenes de la señora Sulte-Stratmann no duran más de veinte minutos. Sin embargo, se libró hasta el final de la clase.

—¿Puedo hacerle una pregunta, señora Sulte-Stratmann? —dijo simplemente mientras ella nos estaba poniendo los deberes para la próxima clase.

—Claro, Charly. ¿Hay algo que no hayas entendido?

—No, no es eso. En realidad, tampoco tiene nada que ver con la clase sino...

—¿Sino...?

—Sino..., eh..., con su bicicleta. Es decir, quería saber por qué hoy ha venido en bicicleta y no en su flamante coche nuevo.

Durante unos segundos reinó el silencio. Parecía que algo crepitaba en el aire. Todos esperábamos que descargara la tormenta en cualquier momento. Pero no ocurrió.

—Ajá —dijo la señora Sulte-Stratmann flojito, y

se dirigió lentamente hacia Charly—. Así que estás interesado en mi bicicleta y mi coche.

—Sí, señora Sulte-Stratmann. Si no es indiscreción.

Ella se acercó a Charly un poquito más. E hizo algo que me cortó la respiración. Junto a mi amigo había un asiento libre. ¡Pues se sentó en la silla! Puso el codo sobre el pupitre, apoyó su barbilla en la mano y sonrió a mi amigo a unos diez centímetros de su cara. ¿Por qué tendrá siempre tanta suerte?

—¿Y estás interesado en saber alguna otra cosa, Charly? Por ejemplo, mi número de pie o qué jabón utilizo para ducharme.

—¡¿Eehh?!

Por el color de cara de Charly, no me habría extrañado que de sus orejas hubiera salido humo o lava ardiendo.

La sonrisa de la señora Sulte-Stratmann se ensanchó para comentar:

—¿Eh, qué te parece, Charly?

—Sólo quería..., es decir..., eh... En realidad, sólo quería saber lo de la bicicleta.

—Bien, Charly, pues entonces te diré por qué he venido en bicicleta: porque me ha dado la gana. Y si me apetece, mañana vendré patinando y pasado mañana en patinete. ¿Has entendido lo que quiero decir?

Charly tragó saliva.

—Sí, que no tengo que ser tan curioso, creo.

La señora Sulte-Stratmann se puso en pie de nuevo.

—Muy bien. Me alegra que lo hayas entendido tan deprisa —se volvió hacia nosotros—. ¡Y eso también va para vosotros! Preocupaos sólo de vuestros deberes. Con ellos ya tenéis bastante trabajo.

Con todo lo que nos había mandado ese día para estudiar en casa, no le faltaba razón.

Fue gracioso que durante el recreo fuera Charly quien tuviera que soportar las burlas más tontas. Los demás estuvieron tan ocupados con él, que durante casi todo el tiempo estuve solo en el patio. No me podía sacar de la cabeza los pensamientos que me asaltaban. ¿Qué le ocurría a la señora Sulte-Stratmann? A mí me gustaba mucho, pero su comportamiento era cada vez más incomprensible. ¿Por qué había venido hoy en bicicleta? ¿Y por qué se había enfadado cuando Charly le había preguntado por su coche? ¿Tendría remordimientos de conciencia? Estaba claro que yo solo no podría resolver todas esas preguntas. ¡Tenía que contárselo a los demás! Pero entonces volvía a ver a la señora Sulte-Stratmann metida en la cárcel sin ser culpable. ¿Qué debía hacer? Me acabé los bocadillos que me había preparado mi madre. No sirvió de nada.

Cuando sonó el timbre de salida, había tomado una decisión. Se lo contaría a Charly, Rabanito y Estefi, sí, aunque me sintiera un traidor.

Habíamos acordado que llevaríamos a Precioso a su nueva casa después del colegio. Cuando nos vio, saltó a nuestro encuentro meneando la cola y silbándonos. Charly le acarició el cuello distraído.

—¡La tía burra! —murmuró—. ¡Ridiculizarme de esa manera!

—Sí, bueno —lo consoló Estefi—, pero has ganado la apuesta.

—Nosotros sólo queríamos descubrir por qué

se comporta de esa manera —dijo Rabanito—. La pregunta de Charly no era tan bestia. ¿No hubiese sido más fácil contestar sencillamente por qué ahora va en bicicleta?

—No, precisamente porque no quiere que curioseemos en su vida privada.

—¿Quién ha dicho curiosear? —se alteró Charly—. Rabanito tiene toda la razón. Era una pregunta inocente. Así sólo reacciona alguien que tiene algo que ocultar.

—Quizá tenga razón Charly —los interrumpí—. Tengo que contaros novedades sobre la señora Sulte-Stratmann.

—¿De verdad? —gritó Charly—. ¡Cuéntanos!

Cogí en brazos a Precioso.

—Vámonos. Os lo explicaré por el camino.

Y se lo conté, aunque sólo yo sé cómo me sentí: como un auténtico traidor.

Cuando acabé de explicárselo, Precioso ya se había instalado desde hacía rato junto a su caseta en el jardín de tía Hilde.

—¡Chico, qué cosas! —dijo Charly, dejando

caer todo su cuerpo en un viejo banco de delante de la caseta del perro.

—¿Y tú crees en serio que la señora Sulte-Stratmann tiene algo que ver con ese robo al banco? —me preguntó Estefi.

Me encogí de hombros.

—Pero tienes que admitir que todo esto es bastante sospechoso —intervino Charly de nuevo—. Yo ya os había dicho que debimos ocuparnos del caso del robo al banco. Y pensar que no recorté el artículo del periódico, ¡qué rabia! ¿Lo ha guardado alguno de vosotros?

Estefi y Rabanito negaron con la cabeza, y yo ni siquiera lo había leído.

—¿Qué vamos a hacer ahora? —quiso saber Rabanito—. ¿Deberíamos ir a la policía?

Me lo temía.

—¡Eh, tío, eh! ¿Por qué ir ya a la policía? Para eso siempre estamos a tiempo. Además, seguro que no nos creerían.

Charly asintió.

—Fede tiene razón. Contactaremos con la policía cuando nuestras sospechas sean un poco más sólidas.

Estefi se tocó la sien con el dedo índice.

—Tú no estás bien de aquí arriba. Debo admitir que todo esto parece sospechoso, pero no por ello la señora Sulte-Stratmann va a ser una asaltante de bancos.

—Yo tampoco puedo creerlo —admitió Charly—. Pero lo más importante es que lleguemos al fondo del asunto.

Estefi suspiró.

—Bien, de acuerdo. Antes de que tenga que oír vuestros reproches quién sabe durante cuánto tiempo, podemos intentar averiguar qué pasa con la señora Sulte-Stratmann.

Charly se puso en pie.

—Así se habla. ¿Algún inconveniente?... Bien. Entonces no perdamos más tiempo. De hecho, yo ya había pensado en algo.

—¿Qué?

—Hoy es martes.

—Sí, ¿y qué?

—Los martes tiene siempre prácticas de Naturales por la tarde. Lo sé por uno de la otra clase. Por eso hoy ha llegado tan tarde. Si no me equivoco, la clase de la tarde acaba a las tres y media. Nos encontraremos aquí a las tres. Después iremos al colegio y vigilaremos.

Yo no estaba muy de acuerdo con el plan, pero la culpa había sido mía. No debí delatar a la señora Sulte-Stratmann.

Como ya era bastante tarde y mi madre me estaría esperando con la comida preparada, me despedí rápidamente de Precioso, aunque antes le prometí que le traería algo rico de comer.

Tuve suerte. La comida no estaba a punto cuando llegué a casa.

—He tenido tanto que hacer esta mañana, que no he empezado a preparar nada hasta hace un rato —se disculpó mi madre sin motivo.

—No importa —contesté condescendiente mientras ponía la mesa.

Cuando ya estábamos ante nuestros platos, llegó la pregunta habitual:

—¿Qué tal te ha ido hoy en el colegio, Federico?

Estaba a punto de contestarle con la también respuesta habitual: «Nada especial», cuando se me ocurrió una idea. Mi madre era una mujer. Quizás ella supiese por qué la señora Sulte-Stratmann se comportaba de forma tan extraña. Quizás había una explicación más sencilla que la que nosotros le dábamos.

—Charly hoy ha tenido bronca con una profesora.

—¿Ah, sí? ¿Por qué?

—En realidad no ha hecho ninguna trastada. Se trata de la señora Sulte-Stratmann, nuestra profesora de Naturales. Últimamente actúa de manera muy rara.

Le conté lo de los vestidos caros y el coche deportivo, que se ofendía mucho si alguien le preguntaba por su vida privada..., etc. Pero no le dije nada de mis sospechas sobre el robo al banco.

—Y además hoy ha venido al *cole* en bicicleta —le dije—, y cuando Charly le ha preguntado por qué había venido en *bici,* lo ha ridiculizado delante de toda la clase.

—Quizás estaba un poco nerviosa. Es lógico que con alumnos como vosotros un profesor pierda los estribos de vez en cuando.

—Sí, claro —admití—. Pero no es su caso, ella es diferente. Hace poco Nadine le preguntó muy educadamente si estaba casada, y tendrías que haber visto cómo se puso de furiosa.

—¿Está casada?

—Ni idea. Pero creo que no. ¿Tiene eso que ver con que de repente se vista de manera diferente y vaya por ahí en un deportivo?

Mi madre sonrió.

—A lo mejor sólo está enamorada.

Me puse colorado. Rogué para que mi madre no notase lo perplejo que me había quedado.

—¿Por qué lo dices?

—Puede ser que a su novio le gusten los vestidos bonitos y los coches caros. O que le haya regalado todo eso. Cuando se está enamorado, se hacen locuras que no harías en otras ocasiones.

—¿Y entonces, por qué está tan susceptible?

—Eso también podría tener que ver. Posiblemente no quiere hablar de su vida privada para que así nadie curiosee en ella.

Cuando mi madre me dijo eso, vi claramente lo

poco que yo sabía de la señora Sulte-Stratmann, a pesar de encontrarla tan agradable. Nunca comentaba nada sobre su familia o su casa, como hacían a veces otros profesores. ¿Tenía novio o estaba casada? ¿O guardaba un secreto que nadie imaginaba?

De buena gana habría continuado hablando sobre la señora Sulte-Stratmann, pero no podía quedarme más tiempo. Precioso me estaría esperando con un hambre atroz y, además, no debíamos dejar escapar a la señora Sulte-Stratmann.

La pregunta ahora era cómo conseguir algo de comer para Precioso. No podía asaltar la nevera. Primero, porque no habría conseguido llegar hasta ella sin ser visto, y segundo, porque mi madre se habría dado cuenta de que faltaba algo. Así pues, puse cara compungida.

—¿Mamá?

—¿Qué quieres?

—Estoy sin blanca.

—¿Otra vez? Todavía tenemos medio mes por delante. ¿No puedes administrarte algo mejor el dinero? Yo sí lo hago.

—Sí, ya lo sé. ¡Pero he tenido muchos gastos! —con ira me acordé de que mis últimos ahorros los había gastado en unas estúpidas chucherías.

—¿Un adelanto? —suspiró mi madre.

—Si pudiera ser, mamá, ¡sería fantástico!

Mi madre fue a por el monedero y hurgó en él buscando la cantidad adecuada que podía darme. Yo ya volvía a tener remordimientos de conciencia. Sabía que ella tenía que contar hasta la última moneda. Quizá con mi adelanto echaba por tierra su presupuesto del mes. Cuando me dio el dinero con una sonrisa, me calmé un poco.

—Pero el mes que viene te lo descontaré. ¡Cuenta con ello!

—De acuerdo —contesté ya en la puerta de la calle; si quería estar con Precioso antes que los demás, debía apresurarme.

Por el camino compré salchichas en la carnicería. Tuve suerte. Cuando le dije a la vendedora que eran para mi perro, me dio algunos restos y no me cobró nada. ¡Mi perro! Por primera vez había hablado así de Precioso a un extraño. ¡Era fantástico!

Precioso estaba sentado delante de su caseta, parecía que estuviera vigilándola. Cuando me vio y, sobre todo, cuando olió lo que le traía, empezó a comportarse como si se hubiera vuelto loco. No paró de saltar, de lamerme y de mover la cola como un salvaje. Creí que de la alegría se olvidaría de la comida. Pero se entregó a ella como yo a las lentejas de mi madre. Es mi plato favorito. Aún no había acabado del todo cuando aparecieron Rabanito y Estefi.

—¡Aggs! ¿Qué es eso? —preguntó Estefi en cuanto vio lo que se metía Precioso en el cuerpo.

—¡Eh, tía, eh! ¿Cómo que «aggs»? —le contesté—. Es una salchicha normal y corriente. A los perros les gusta mucho.

—Ya se ve —sonrió Rabanito.

—Puede ser que se la coman a gusto, pero no es sano.

—¿Y entonces qué quieres darle? —estaba interesado en averiguarlo—. ¿*Muesli* y ensalada?

—¡Qué tontería! ¿Es que no sabes que hay comidas especiales para perros con vitaminas y demás?

Froté el dedo pulgar con el índice.

—Si tú lo pagas, le daré incluso caviar. Y si os ocupaseis vosotros de él, le podríais dar sus vitaminas.

—Ya sé que tú te encargas de darle de comer. Pero también es asunto mío. Al fin y al cabo, nos pertenece un poco a todos.

Le habría dicho que yo lo veía de manera muy diferente. Pero no lo hice. En definitiva quería que Precioso formara parte de Charly & Company.

Mientras tanto, llegó nuestro jefe y se metió en la conversación.

—Claro que el perro tiene que comer alimentos sanos. Deberá estar en forma para el entrenamiento.

—¡Eh, tío, eh! ¿Qué entrenamiento?

—¡Ya lo habíamos hablado! Para ayudarnos en nuestro trabajo, tiene que entrenarse.

—¿Qué tendrá que hacer? —preguntó Estefi. Parecía que fuera a partirse de risa otra vez.

—¡Yo qué sé! Seguir huellas y todo eso.

Charly miró a su alrededor. Por fin, cogió una rama del suelo. Se arrodilló y levantó la rama en alto.

—¡Precioso! —gritó—. Mira lo que tengo.

Precioso movió las orejas y miró a Charly.

—Venga, Precioso. Salta por encima del palo.

Mi pequeño amigo no esperó a que se lo dijeran dos veces. Saltó hacia Charly y su palo. Por desgracia, lo entendió mal. En lugar de saltar por encima de la rama, la cogió entre sus dientes y salió corriendo.

—¡Eh, párate, bestia estúpida! —le gritó Charly por detrás.

No sirvió de nada. Como un rayo, Precioso corrió con su nuevo juguete por todo el jardín hasta que saltó la valla que lo separa de la calle.

—¡Pero si está corriendo hacia el colegio! —dijo Rabanito—. ¡Tenemos que cogerlo antes de que llegue la señora Sulte-Stratmann!

6
Persecuciones

Rabanito tenía razón. Entre el jardín y el colegio sólo había un pequeño parque. Sin titubeos, Precioso saltó al patio del colegio. Y pasó lo que tenía que pasar. Los alumnos de la tarde se nos habían adelantado. Por suerte, la señora Sulte-Stratmann no había salido aún.

—¡Detened al perro! —les gritó Charly.

Pero antes de que supieran qué pasaba, Precioso ya se encontraba a su altura. Cada vez llegaban más alumnos. Por fin, uno vio al perro. Se arrodilló y abrió los brazos. Como si fuera una señal para Precioso, éste saltó disparado hacia él, le puso el palo encima de la rodilla y le lamió toda la cara. Debo reconocer que me puse celoso. Me había sentido orgulloso de que me lo hubiera hecho antes a mí. ¡Pero ahora lo había repetido con un completo desconocido!

—¿Es vuestro este chucho? —dijo un antipático de la otra clase que acababa de tener deporte—. ¡Parece una escobilla de retrete ladradora!

Corrí hacia Precioso y lo cogí en brazos.

—¡Eh, tío, eh! En primer lugar, no es un chucho y, en segundo lugar, en tu caso me miraría al espejo antes de hablar.

Habría seguido peleándome con ese imbécil si Charly no me hubiera cogido de la chaqueta y arrastrado con él. Me llevó a un rincón detrás de la puerta de entrada. Poco después se nos unieron Estefi y Rabanito. Nos apretujamos de espaldas contra la pared. Yo aún llevaba a Precioso en brazos. Debía de pensar que todo era un juego divertidísimo, pues no paraba de menear el rabo, que me golpeaba una y otra vez en la cara.

—Bonita ayuda, tu perro —me susurró Estefi.

—Ah, ¿ahora es mi perro? —le contesté.

Entonces Charly me dio un codazo tan fuerte en el costado que creí que me había roto las costillas.

—¡Atiza! Si la Sulte-Stratmann ha venido en bicicleta, ¿cómo vamos a seguirla?

Rabanito hizo un ademán con la mano.

—A la velocidad que va con su falda corta, podemos ir a tomar un refresco por el camino.

La señora Sulte-Stratmann entró en el patio y recogió su bicicleta. Cuanto más se acercaba a nosotros, más posibilidades teníamos de que nos descubriese. Por suerte, no nos vio. Los de las prácticas de Naturales tampoco nos delataron. Un par de ellos miró hacia nosotros, pero no relacionaron nuestro extraño comportamiento con la señora Sulte-Stratmann.

Tardó un poco en montar en la bici y lograr mantener el equilibrio. Después salió tambaleándose, peligrosa y lentamente. Iba tan despacio que, realmente, no supuso ningún problema seguirla. Además, a lo largo del camino encontramos bastantes semáforos en rojo. En ellos, nuestra profesora no paraba manteniéndose sentada en el sillín y poniendo un pie en el suelo, sino que, cada vez, saltaba de la bicicleta, y con tales dificultades, que una de las veces por poco se cae al suelo.

Mientras la seguíamos, yo llevaba a Precioso en brazos. A pesar de que era cansado y que me gané una de las miradas burlonas de Estefi, no quería arriesgarme a que se nos escapara de nuevo.

Delante de una vieja casa, la señora Sulte-Stratmann saltó inesperadamente de la bicicleta.

Nos escondimos deprisa en un portal y miramos hacia allí.

—¿Vivirá aquí? —preguntó Rabanito.

—Eso parece —contestó Charly—. Aunque nunca hubiera dicho que en esta casa viviese gente que puede permitirse coches caros.

Tenía razón. La casa se parecía a la mía. Y ya he dicho lo que opino de ella.

—¡Es cierto, está abriendo la puerta! —gritó Charly tan fuerte que me dio miedo de que la señora Sulte-Stratmann pudiera oírlo.

Pero, sin mirar a su alrededor, se escabulló dentro con su bicicleta.

Entonces me di cuenta de que aún llevaba en brazos a Precioso. Lo puse en el suelo jadeando.

—Será la mar de divertido —pinchó Estefi— tener que arrastrar en cada persecución bajo el brazo a nuestro fantástico perro policía. También lo podrías llevar en un cochecito.

—¡Eh, tía, eh! Esto no era una persecución, sino un paseo. Y si no te gusta, puedes ir tú misma a buscar a Precioso la próxima vez que se nos escape.

—¿Es que no tenéis nada más de qué preocuparos? —dijo Rabanito—. ¡Mirad en qué agujero vive la señora Sulte-Stratmann!

—Eso ya lo hemos visto, querido hermanito. ¿Crees que tendríamos que proporcionarle una nueva vivienda?

Charly la miró furioso.

—¡No se trata de eso! Debes empezar a admitir que hay algo que no cuadra. Primero, un coche fantástico, ropa cara y demás. Y de repente, va en bicicleta y vive en esta choza.

No dije nada al respecto. Pero pensé que sería mejor no invitarles a mi casa.

—¿Qué hacemos ahora? —preguntó Rabanito.

Charly se encogió de hombros.

—Lo único que podemos hacer es esperar, vigilar la casa y confiar en que aclaremos algo.

No tenía yo la más mínima idea de qué podíamos aclarar si nos quedábamos en un portal vigilando la casa, pero tampoco se me ocurría otra posibilidad mejor.

—¿Por qué decís que vive aquí? —preguntó Rabanito después de estar un buen rato de pie—. Creo que esta casa no le pega nada.

—¡Hombre, Rabanito! —dijo Charly—. Por una vez quizá tengas razón y no es su casa.

—¡Eh, tío, eh! Tiene la llave.

—Eso no quiere decir nada. A lo mejor se trata de la casa de un amigo o la de un pariente. Mis padres también tienen la llave de la casa de mi abuela.

—A lo mejor la señora Sulte-Stratmann cuida de una abuelita —sugirió Rabanito.

Nuestro jefe negó con la cabeza.

—Se me ha ocurrido otra idea mejor.

—Di. ¿Qué es?

—¡Cómplices! Aquí se encuentra con los cómplices del atraco al banco. Hoy he pensado de nuevo en el robo. No fue muy lejos de aquí. Quizá los ladrones alquilaron esta casa para no tener que huir muy lejos.

—¿Y ahora se encuentran aquí y se reparten el botín? —preguntó Estefi escéptica.

—¡Podría ser!

—¡Qué tontería!

—¡No es ninguna tontería! Una vivienda para conspirar. Eso se oye cada día.

—Esperad un poco a ver qué pasa —trató de apaciguarlos Rabanito—. De momento, tampoco podemos hacer nada más.

Tenía razón. Así que esperamos. Y de nuevo

empezaron a dar vueltas los pensamientos por mi cabeza. Si la señora Sulte-Stratmann tenía algo que ver con el robo al banco, debería ir a la cárcel. Quién sabe si entonces podría volver a verla alguna vez.

En los siguientes minutos no pasó nada. A veces se ve en las películas de la tele a detectives privados o policías que vigilan las casas de los sospechosos. Ahora sé lo que eso significa. Es lo más aburrido del mundo. Deseas tanto que ocurra algo que, al final, cualquier insignificancia te resulta sospechosa. También a los demás les ocurrió lo mismo. Estefi se quejó todo el tiempo de que quería irse a casa. De tanto aburrimiento empezó a jugar con Precioso, a pesar de que éste le fue lamiendo cada vez más y más. Charly y Rabanito sospechaban de todos los que se acercaban a la puerta de la señora Sulte-Stratmann.

«El tipo ese parecía sospechoso», o bien «a ése lo tendríamos que vigilar más de cerca» fueron frases que oí esa tarde por lo menos unas veinte veces.

Pero después creció la tensión. Rabanito fue el primero que lo vio.

—¡Mirad allí! —gritó.

Aunque no habría hecho falta, pues nos habíamos dado cuenta en seguida. Por la calle subía lentamente un deportivo rojo.

—¡Eh, tíos, eh! Si es…

—¡...El nuevo coche de la señora Sulte-Stratmann! —acabó Rabanito.

Con la respiración contenida miramos el coche. Iba despacio, casi al paso, como si el conductor estuviera buscando algo. Entonces, por fin, paró muy cerca de la casa en la que la señora Sulte-Stratmann había desaparecido.

Bajó un hombre. Pegaba tanto en ese sitio como un pulpo en un garaje. Se veía de lejos lo caro que había costado el traje que llevaba. Pero no era sólo eso. Era la manera de andar, de moverse, y cómo miraba de forma desdeñosa las casas.

Charly me dio un codazo.

—¿Es ése el hombre que viste hace poco en la calle? ¿El que estaba con la mujer rubia? —inmediatamente negué con la cabeza.

—¡Noo! Tenía un aspecto completamente distinto. No era tan remilgado, sino mucho más normal.

—Ajá, así que normal. Ésa es una descripción que, sin duda, nos servirá de gran ayuda.

—¡Cerrad el pico! —nos susurró Estefi—. Quiero saber adónde va.

En un primer momento, pareció que no tuviera nada que ver con la señora Sulte-Stratmann, pues pasó de largo la puerta en la que ella había entrado. Pero después, inesperadamente, dio la vuelta en el escalón, se paró delante de la puerta, buscó algo durante un instante, y más tarde pulsó el timbre. Al rato la puerta se abrió y él entró.

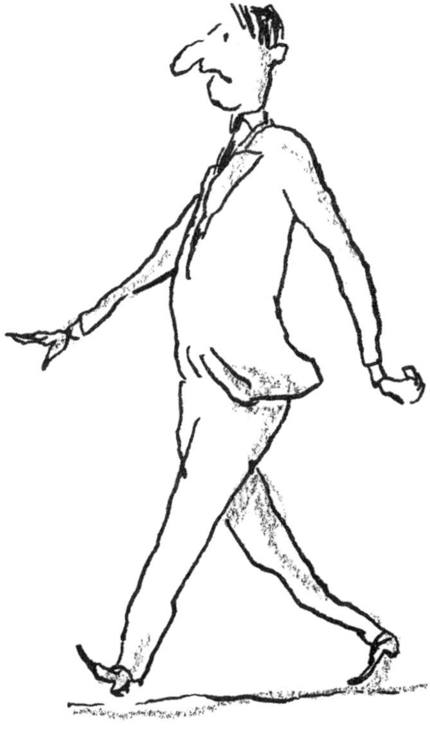

—¡Eh, tío, eh! Apuesto a que va a ver a la señora Sulte-Stratmann.

—Claro, ¿dónde va a ir, si no? Acabo de decir que tiene cómplices.

En ese preciso instante el hombre del traje caro salió de la casa. Fue hacia el coche, se inclinó para echar una ojeada dentro y continuó andando.

—¡Eh, tío, eh! ¡Deja el coche allí!

—Ahora ya no entiendo nada —añadió Charly—. ¡Venga, vamos a seguirle!

—¿Y la señora Sulte-Stratmann?

Charly hizo un ademán con la mano.

—A ésa la podemos vigilar siempre. La vemos cada día en el colegio. Pero no creo que tengamos la oportunidad de perseguir a su cómplice otra vez.

Habíamos llegado al punto que yo me temía. Charly creía firmemente que la señora Sulte-Stratmann era una asaltante de bancos. Estaba en su salsa.

—Fede, será mejor que lleves otra vez en brazos a Precioso.

Intenté protestar, pero Charly ya se había puesto en camino. Así que no me quedó otro remedio que volver a llevar en brazos a mi pequeño amigo. Él no se opuso. Al contrario. Me dio la impresión de que le gustaba.

El cómplice de la señora Sulte-Stratmann, como Charly le llamó a partir de entonces, no tenía ninguna prisa. Deambulaba por la calle, como si no tuviera nada mejor que hacer. Fue una persecución larga. El barrio al que nos llevó era bien diferente al de nuestra profesora.

—¿Vivirá aquí? Aquí sólo vive gente con pasta —opinó Estefi.

—¡A mí ya no me sorprende nada! —dije yo.

Y dimos en el clavo, pues se detuvo ante una gran puerta, detrás de la cual uno normalmente se imagina un perro que muerde o un sistema de alarma. Antes de que nos diéramos cuenta, desapareció detrás de ella.

La puerta era de hierro macizo y la flanqueaba, tanto a la izquierda como a la derecha, un muro de por lo menos dos metros de altura. A través de una rendija entre las dos hojas de la puerta pudimos ver que la casa, a la que la puerta pertenecía, era de lujo.

Estábamos tan ocupados intentando echar una ojeada a la mansión que descuidamos la vigilancia.

—¿Qué estáis haciendo aquí? —dijo de repente una voz detrás de nosotros.

A mí se me heló la sangre. Como si fuera una orden, todos nos dimos la vuelta. Ante nosotros se encontraba una mujer de las que sólo se ven en Hollywood o en las revistas de moda.

—Nosotros, eh…, sólo queríamos mirar —fue nuestra inteligente respuesta.

—Bien, pues ya lo habéis conseguido. Ahora largaos.

Nos apartó a un lado y apretó un botón del interfono de la puerta.

—Soy yo, querido —contestó ella a un «¿sí?» que salió del altavoz.

Con un pequeño zumbido, la puerta se abrió y la chica despampanante desapareció detrás de ella.

—¡Qué estúpida! —se quejó Estefi—. ¡Menuda engreída!

—¿Habéis oído? —gritó Charly.

—¿El qué? —quise saber yo.

—Pues que le ha llamado «querido». Primero él se encuentra con la señora Sulte-Stratmann y después otra le llama «querido». ¡Si eso no es sospechoso...!

—¿El qué es sospechoso? —preguntó Estefi.

—Pues que la señora Sulte-Stratmann no sea su novia, sino sólo su cómplice. ¡Es lógico!

Yo no lo encontraba lógico en absoluto. No me habría gustado que ese tipo fuera el novio de la señora Sulte-Stratmann, pero que fuera su cómplice, menos todavía.

—¿Crees que volverán a salir pronto? —preguntó Rabanito.

Miré el reloj.

—¡Eh, tío, eh! Ya es muy tarde. Vámonos a casa. Ahora ya sabemos dónde vive y podemos volver cuando queramos.

Me di la vuelta para irme, pero Estefi me cogió del brazo.

—¡Mira ahí! ¿Has visto lo que pone en el letrero de la puerta?

Dirigí la mirada para allá. En letras grandes y negras estaba grabado un nombre:

SULTE

Me quedé tan desconcertado que en el camino de vuelta a casa todavía cargaba con Precioso en brazos, a pesar de que no era necesario, pues ya no importaba si se volvía a escapar.

—Este asunto es cada vez más incomprensible —opinó Charly—. Ahora resulta que ese tipo tiene casi el mismo apellido que la señora Sulte-Stratmann.

—¿Serán parientes? —dijo Rabanito para sus adentros.

—¿Cómo que parientes? —le preguntó su hermana—. ¡Esos dos están casados!

Yo creí que no había oído bien.

—¡Eh, tía, eh! Eso no te lo crees ni tú. Él tiene una novia. Eso lo hemos visto todos.

—¿No has oído nunca que hay hombres que tienen amiguitas a pesar de estar casados?

Charly asintió muy seriamente.

—En los ambientes de gángsteres ocurre a menudo.

Fue demasiado para mí.

—¡Eso no es verdad! ¡Nunca! —grité fuera de mí—. Si la señora Sulte-Stratmann estuviera casada, seguro que lo sabríamos. Y además estoy convencido de que no tiene nada que ver con los gángsteres. Y él se llama Sulte y no Sulte-Stratmann.

Estefi infló los carrillos.

—¡Hombre, Fede! ¿Vives en las nubes o qué? Hoy es muy normal que las mujeres, aunque se casen, conserven sus apellidos de solteras. Otras... adoptan un apellido compuesto. Lo más seguro es que nuestra profesora se llamara Stratmann antes de casarse y, una vez casada, pasara a llamarse Sulte-Stratmann.

¡No me lo podía creer!

Charly sonrió a Estefi y me dio un golpecito en el hombro.

—Tómatelo con calma, colega. Aunque se esté enamorado, hay que enfrentarse a la realidad.

De repente, me noté cansado. Ya no tenía ganas de seguir peleándome con ellos. Además, eso sólo habría conducido a que me tiraran de la lengua sobre mis sentimientos hacia la señora Sulte-Stratmann. No tenían ni idea de lo que yo sufría por ello.

—Ya es tarde —dije solamente—. Vámonos a casa.

Charly decidió aplazar las investigaciones hasta el día siguiente. Nos aconsejó que pensáramos un poco sobre el caso Sulte-Stratmann, para que pudiéramos resolver lo que había entre nuestra profesora y ese canalla lo más rápidamente posible. En ese momento, deseé que no hubiéramos empezado nunca con esta investigación.

La cena con mi madre transcurrió bastante silenciosa, por lo menos en lo que a mí concierne.

—Cuéntame, ¿por dónde has estado paseando hoy? —preguntó de buen humor.

—¿Por qué me lo preguntas? —quise saber yo—. ¡Tienes una mirada burlona!

—No es una mirada burlona, sino una sonrisa.

—¿Y por qué?

—Porque sí. ¿Cómo le va a la señora Sulte-Stratmann? ¿La has vuelto a ver hoy?

Me acaloré.

—¿Por qué lo quieres saber?

—Dime, Federico, ¿te interesa más la señora Sulte-Stratmann que otros profesores?

¡¿También ella?!

Murmuré algo así como un «puede ser».

Mi madre puso de nuevo su mirada burlona que en realidad era una sonrisa.

—¿Te gusta mucho, verdad?

Noté cómo mi cara se iba acalorando poco a poco. Yo miraba fijamente mi plato. Sin embargo, sabía que mi madre me miraba a mí. ¡Y ponía una cara burlona, que era burlona de verdad!

—Es muy agradable —le expliqué a mi pan con queso.

—Ajá. Es agradable. ¡Qué bien! Entonces seguro que mejorarán tus notas de Naturales.

Me acordé del último examen de *Natus.* Todavía no se lo había enseñado a mi madre. Lo haría al día siguiente. Quería irme a la cama y, por lo menos, durante una noche, no volver a pensar en la señora Sulte-Stratmann.

Apenas me tumbé en la cama, me quedé dormido.

Cuando a la mañana siguiente me desperté y comprobé que no había estado soñando, me puse muy contento. Me apresuré a salir de casa. Desde que debía ocuparme de Precioso, no tenía demasiado tiempo para mí por las mañanas.

En la carnicería tuve menos suerte que el día anterior. Me atendió otra empleada que me hizo pagar las salchichas.

Con Precioso me esperaba otra decepción aún

más dura. A pesar de enseñarle la estupenda salchicha, ni se inmutó. ¡Ojalá no estuviera enfermo!

Como no disponía de mucho tiempo, dejé las salchichas que había pagado tan caras junto a su caseta, y me fui. Quizá no le gustaba que le vieran comiendo.

Cuando entré en el patio del colegio, Charly, Estefi y Rabanito ya estaban reunidos. Charly estaba dando una larga conferencia. No hacía falta oírle para saber sobre qué.

—...Entonces está decidido que procedamos así —acabó su discurso.

—¡Eh, tíos, eh! ¿Qué es lo que está decidido?

—Charly cree que esta tarde deberíamos volver a la mansión para intentar averiguar algo más sobre ese Sulte.

—¡Ah, eso es interesante! Y, ¿cómo es que está decidido si yo ni siquiera estaba presente? ¿Qué pasa? ¿Que ya no soy de la banda?

—¡Lo ves! —dijo Rabanito—. Acabo de decir que deberíamos haberte esperado.

—¡Qué le voy a hacer si ha llegado tarde!

—¡Eh, tíos, eh! Tenía que ocuparme de Precioso. ¿O prefieres hacerlo tú?

Charly me miró de forma especial.

—Pues no es ninguna mala idea. Deberíamos ocuparnos más de su entrenamiento, en vez de llevarlo a rastras continuamente por ahí. Entonces, chicos, nos encontramos a las cuatro en la caseta de Precioso, tal y como habíamos quedado.

Creí que había oído mal.

—¿Tan tarde? ¿No podemos reunirnos más temprano?

—Para ocuparnos de ese Sulte, es suficiente —respondió Charly y se dio la vuelta, pues había sonado el timbre de la primera hora de clase.

¡A las cuatro! Tan tarde no nos habíamos encontrado nunca. O bien Charly estaba enfermo o... De repente me entró una sospecha.

Cuando, después del colegio, acabé los deberes, ya eran casi las tres. Debía darme prisa, pues quería estar a toda costa antes que los otros junto a Precioso. Sólo así podría descubrir si lo que sospechaba de Charly era verdad.

Nervioso por lo que me esperaba, me puse en camino hacia la caseta de Precioso. Cuando llegué a la entrada del jardín, me paré y miré con cuidado a través de un arbusto. Y entonces supe que mi sospecha era cierta. ¡Charly estaba con el perro! Tardé un poco en comprender lo que los dos se traían entre manos. Charly le enseñaba monerías a Precioso. Mejor dicho,

lo intentaba. Primero dejaba que Precioso olisqueara un palo y luego se lo lanzaba bien lejos. Después Charly miraba a Precioso y Precioso a Charly. Precioso dejaba caer la lengua fuera de la boca y meneaba el rabo. Entonces Charly volvía a coger el palo. Repitieron la misma escena dos o tres veces. Después Precioso tenía que correr detrás de él. Pero por mucho que Charly corriera, Precioso no se movía de su sitio, sino que se limitaba a mirar a Charly con interés.

Hubo un momento en que ya no pude contenerme más. Fui hacia ellos dos.

—¡Eh, tío, eh! ¿Qué es esto?

—Alguien tiene que entrenarlo —jadeó Charly—. Ninguno de vosotros lo hace.

Pareció que Precioso se alegraba de que yo lo librara de la «clase de entrenamiento» de Charly.

—Creo que prefiere entrenar contigo.

El desayuno de Precioso aún estaba donde yo lo había dejado por la mañana.

—¡Eh, tío, eh! Di la verdad, ¿le has dado tú de comer?

Charly miró al suelo. ¡Entonces era verdad!

—¿Eres tonto o qué? —le grité—. Habíamos acordado que yo me ocuparía de él. Le compro con mi paga comida y no se la come porque tú ya lo has alimentado antes.

Charly metió las manos en los bolsillos de sus pantalones.

—Sí, sí, lo sé. Lo siento.

—¿Por qué lo has hecho?

Charly me miró. Nunca lo había visto tan triste. Tardó un poco en hablar.

—Me parece una tontería que sólo tú puedas darle de comer.

—¿Sólo yo?

—¡Sí! Al fin y al cabo es nuestro perro y no sólo el tuyo, aunque lo hayas encontrado tú. Además, tenía miedo de que sólo te obedeciera a ti si tú le traías siempre la comida. ¡Yo también quiero tener un perro!

—¡Pero si siempre te has burlado de mí cuando yo hablaba de tener uno!

Charly hurgaba con un pie en la arena.

—Lo sé. Sólo aparentaba que odiaba a los perros, porque no quería admitir que también me hubiera gustado tener uno.

—¡Muy interesante!

Charly abrió de repente los ojos.

—¡Eh, Fede, por favor, no le digas a Estefi nada de esto! Haría el ridículo más espantoso. ¡De verdad! Te prometo que a partir de hoy te ocuparás tú solo de Precioso. Con tal de que me dejes jugar con él de vez en cuando, es suficiente.

Era fantástico. Por una vez me sentía por encima de Charly. Él es siempre el fuerte, el que todo lo sabe, el que lo tiene todo controlado y a los imbéciles como a Rabanito y a mí nos enseña de qué va el asunto. Ahora estaba ante mí, hundido en la miseria. ¡Debo admitir que eso me gustaba!

Lo dejé quejarse un rato más hasta que lo redimí.

—Está bien, Charly. No hay problema. No le diré nada a Estefi ni a Rabanito. Y tampoco tengo por qué ocuparme yo solo de Precioso. Podríamos comprarle la comida entre todos. Así, le daríamos auténtica comida para perros y además nos turnaríamos en llevársela. Estefi ya se ha burlado de mis salchichas una vez.

Charly sonrió como un niño pequeño al que su abuelo le ha regalado un Chupa-Chups.

—Fede, eres un colega. ¡No lo olvidaré nunca!

—Está bien —respondí condescendiente.

Estaba contento de que no tuviera que comprarle yo solo la comida a Precioso. Además tenía remordimientos de conciencia por las sobras de salchichas.

Como aún era temprano, jugamos juntos con Precioso. Fue muy divertido. Pocas veces me había entendido tan bien con Charly. Cuando llegaron Estefi y Rabanito, se nos unieron, para alegría de Precioso.

—Bueno, es la hora —dijo Charly por fin—. Si no, ya no hará falta que nos vayamos.

—¿No coges a Precioso en brazos? —preguntó Estefi cuando nos pusimos en camino.

—¡Deja a Fede tranquilo! —rugió Charly—. Fede hace con Precioso lo que tiene que hacer.

Y así me llevé la segunda sorpresa de la tarde, esto es, una Estefi muda.

Para no perdernos fuimos a la mansión de ese tal Sulte por el mismo camino que el día anterior. Así llegamos también a la casa en la que había entrado nuestra profesora.

—¡Mirad! —dijo Rabanito—. El coche sigue estando en la puerta.

—¡Eh, tíos, eh! Entonces seguro que vive allí.

—No nos precipitemos —contestó Charly—. Podría haber entrado ahora mismo. Cuando hayamos resuelto lo del tipo de la mansión, intentaremos averiguarlo.

En algo tenía razón Estefi. Charly veía demasiadas películas de crímenes por televisión.

—Me gustaría ver el coche de cerca —continuó Charly.

No tuvimos nada que objetar. ¿Quién no contempla de buena gana un coche deportivo?

—¡Caramba, mirad cuánto marca el velocímetro! —se maravilló Rabanito cuando rodeamos el coche y acercamos las cabezas al cristal.

—Eso no quiere decir nada —dijo Charly haciéndose el experto—. Lo importante es qué velocidad es capaz de alcanzar realmente.

No sé por qué, pero por algún motivo me di la vuelta. Del susto por poco dejo caer al suelo a Precioso. Agarré a Estefi de la manga de su chaqueta y la arrastré conmigo como un loco.

—¡Eh, Fede! ¿Qué pasa…?

No la dejé acabar.

—¡Rápido! —le chillé—. ¡Fuera de aquí!

Funcionó. Como si nos hubiéramos puesto de acuerdo, nos metimos en la entrada de un callejón y nos pegamos a la pared.

—¿Qué pasa, Fede? —dijo Charly—. Parece que hayas visto a Frankenstein.

Me sentía como si hubiera corrido una maratón.

—La mujer de la peluca —jadeé sin aliento—. ¡Está saliendo de la casa de la señora Sulte-Stratmann! Espero que no nos haya visto.

Apenas terminé la frase, pasó de largo por delante de nuestras narices. Por suerte, no nos vio. Pudimos reconocerla perfectamente a pesar de la peluca rubia. ¡Era la señora Sulte-Stratmann!

7
La mujer de la peluca

Durante un momento se hizo un silencio absoluto. Luego Estefi, Charly y Rabanito comenzaron a hablar a la vez:

—¡Caramba, si era la Sulte-Stratmann!

—¿Por qué llevará una peluca tan rara?

—¡Entonces era la mujer que viste, Fede!

Después de todo yo tenía razón. Aunque habría preferido haberme equivocado. Ahora era ya casi seguro que mi señora Sulte-Stratmann era una asaltante de bancos.

Charly también opinaba lo mismo.

—¡En marcha! —gritó—. Sigámosla. ¡Es nuestra primera prueba de verdad!

Con sigilo salimos de la entrada del callejón a la calle. Nos fue fácil descubrir a la señora Sulte-Stratmann. El pelo rubio brillaba al sol. La seguimos por toda la ciudad de punta a punta. A veces tenía la sensación de que daba rodeos a propósito. Y a pesar de todo, andaba muy segura, como si supiera exactamente adónde se dirigía. Sólo una vez paró para comprar un diario, que dobló y se colocó bajo el brazo.

Poco después había llegado a su destino. Era un pequeño café en un callejón.

—¿Qué querrá hacer allí? —se preguntó Rabanito.

—Se encontrará con alguien, digo yo —le contestó su hermana.

—Seguro —confirmó Charly—. En estos casos, siempre pasa lo mismo.

No tenía ni idea de qué quería decir Charly con eso de «en estos casos», pero yo también habría apostado que ese pequeño café era un punto de encuentro.

—Daría cualquier cosa por seguirla —dijo Estefi.

Charly contestó al vuelo.

—¡Eso es lo que vamos a hacer!

—¿Estás loco? ¿Qué le vas a decir cuando te pregunte qué estás buscando allí dentro?

—¿Qué hay de extraño en entrar en un café? ¿Acaso está prohibido?

—Ya, ya, y después le preguntas por qué lleva puesta esa gorra amarilla tan rara —se burló Estefi.

Charly tragó saliva.

—Al menos podemos arriesgarnos a echar una ojeada a través de la ventana —sugerí yo.

En eso estuvieron todos de acuerdo. Nos acercamos en silencio al café. Junto a la puerta de entrada sólo había una ventana que llegaba hasta el suelo. Nos acercamos a un paso del cristal; entonces nos quedamos quietos y nos apretujamos contra la pared.

—¿Quién lo quiere hacer? —preguntó nuestro jefe.

—¡Yo! —grité inmediatamente, sorprendiéndome a mí mismo.

Quería saber a toda costa con quién se encontraba la señora Sulte-Stratmann. ¿Sería el mismo hombre con quien ya la había visto una vez, o bien sería ese Sulte, que quizá resultaba ser su marido? Me pregunté por qué me martirizaba así. No era nada más que mi profesora de Naturales. Y en realidad, todo esto ni me iba ni me venía. Aunque habría dado hasta el último céntimo por saber qué secreto guardaba. Porque tenía uno. Eso era tan real como que teníamos un examen de *Mates*.

—Muy bien, Fede —dijo Charly aliviado—, los voluntarios son siempre de gran ayuda.

Sin una palabra puse a Precioso en sus brazos. Charly se alegró. Con la espalda muy pegada a la pared me acerqué centímetro a centímetro a la ventana del café. Por fin, me acerqué tanto que sólo necesitaba mover un poco la cabeza hacia adelante para ver el interior.

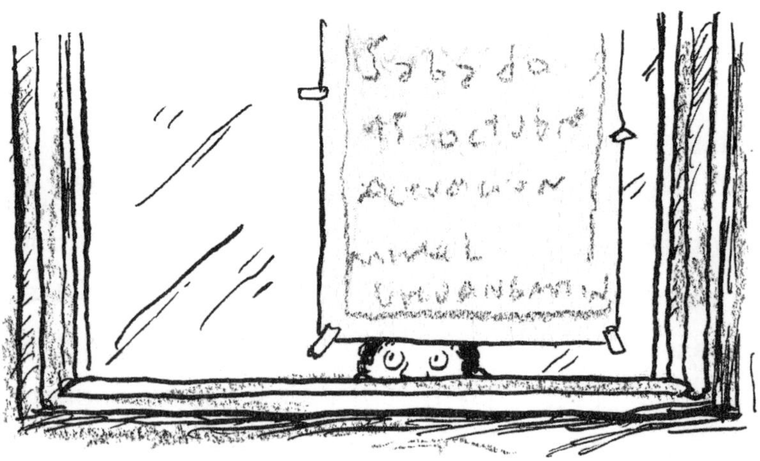

Respiré profundamente y eché una ojeada; no vi nada: justamente en ese sitio había un gran cartel con una taza de café. Por debajo quedaba un par de centímetros de ventana despejada. Me arrodillé en el suelo y miré a través del cristal. Esa vez tuve más suerte. Descubrí a la señora Sulte-Stratmann en seguida. Había escogido una mesa cerca de la ventana y se había sentado de manera que podía verle la cara. Por suerte, no miraba hacia los cristales, sino que hablaba con un hombre que estaba sentado frente a ella.

Así que yo tenía razón. Se había encontrado con alguien. No era el señor Sulte. Eso seguro. ¿Era el hombre con el que la vi en la calle la otra vez? Forcé tanto la vista que pensé que los ojos se me iban a salir de las órbitas. A él sólo podía verlo de espaldas, pero al otro hombre también lo había visto sólo por detrás. Por desgracia, resulta muy difícil reconocer a las personas sin haberles visto la cara. Entonces mi suerte cambió, él se dio rápidamente la vuelta, de manera que pude ver su rostro un segundo. A ése no lo había visto nunca. Estaba convencido. Además, me resultó antipático.

Me pareció que la señora Sulte-Stratmann sentía algo similar. Una rápida mirada a su cara me bastó para ver que estaba bastante enfadada. Conozco esa expresión. La última vez que la había visto fue cuando me devolvió mi examen de Naturales.

De pronto alguien me tiró de la manga. Era Charly.

—¿Qué pasa, Fede? ¿Piensas pasarte toda la noche aquí, o qué? ¿La ves? ¿Está sola? ¿Está su cómplice con ella?

Me puse en pie y le informé escuetamente. Ahora todos querían echar una mirada. Uno detrás de otro se fueron arrodillando y espiaron por la ventana.

—Ésa está furiosa —afirmó Rabanito, que fue el último.

—Que él es un gángster salta a la vista.

—¿Cómo lo sabes? —preguntó Estefi—. ¡Si ni siquiera podemos verle la cara!

—Me basta con las espaldas. ¡Si estuviéramos mejor provistos...!

—¿A qué te refieres?

—Micrófonos, por ejemplo, con los que poder

oír conversaciones a través de las paredes. Ahora nos serían de gran ayuda.

—Te los puedes comprar con tu próxima paga.

—¡Ja, ja! Me parto de risa. Será mejor que vayamos al otro lado de la calle. Desde allí, por lo menos, podremos vigilar el café.

—Dejadme mirar otra vez —los interrumpí.

Me arrodillé y espié por la ventana. Esta vez pude ver claramente que los dos se peleaban. La señora Sulte-Stratmann gritaba y no me habría extrañado que sus gritos se hubieran podido oír desde fuera. De repente, se puso de pie de un salto y corrió hacia una puerta al otro lado del local.

Me levanté tan deprisa que Charly, asustado, dio un paso atrás.

—¡Eh, tío, eh! Se ha levantado.

—¿Se marcha? —preguntó Charly para salir corriendo.

Lo detuve.

—No, ha ido a la parte de atrás. Allí hay otra puerta.

—¡La salida trasera! ¡Se escapa por la salida trasera!

—¡Qué tontería! —le dijo Estefi—. Habrá ido al lavabo.

Los ojos de Charly brillaron.

—Allí hay otra ventana. Venga, vamos a la parte de atrás. Quizá podamos ver algo.

Estefi se golpeó la sien con el dedo.

—¿Qué tiene de interesante que una *profe* de Naturales vaya al lavabo?

—Seguro que hacen una entrega de dinero, o algo parecido —contestó Charly—. Siempre lo hacen en los lavabos.

No pudimos retenerlo más. Se puso en marcha inmediatamente. Sin embargo, tuvimos que buscar durante un buen rato el camino que llevaba hasta la parte trasera del café. Después de haber escalado varios muros bajos, llegamos a la ventana del lavabo.

—¿Quién mira dentro? —fue la pregunta que hizo nuestro jefe, y que yo ya estaba esperando.

—Yo —dijo esta vez Estefi sin dudarlo—. Sólo

faltaría eso, que vosotros fisgonearais en un lavabo de señoras.

Hicimos rodar un cubo de basura lo más silenciosamente posible bajo la ventana. Estefi se subió encima y espió por la ventana abierta.

—¡Sí que está! —susurró excitada.

—¿Y...? —le urgió Charly—. ¿Qué hace?

Estefi miró como petrificada por la ventana. Esta vez estuvo más tiempo observando. Pero, por fin, saltó de golpe al suelo.

—¿Qué pasa? —quería saber su hermano.

—No vais a creéroslo, ¡pero se está peinando!

—¡Qué interesante! —opinó Charly—. ¿Por qué no vamos a creernos que se está peinando? Eso lo hacen a menudo las mujeres cuando van al lavabo.

—¿Ah, sí, y cómo lo sabes? ¡Además está peinándose su propio pelo!

—¡Eh, tía, eh! ¿Se ha quitado la peluca?

—¡Exacto! Y no sólo eso. La ha tirado en la papelera de las toallas de papel.

—¿Por qué habrá hecho eso?

—¡Cómo voy yo a saberlo!

—¿Y no has visto el dinero? —le preguntó Charly.

—¡No! —jadeó Estefi—. Y gracias que he podido ver algo.

—¡Vamos! —gritó Charly—. Tenemos que volver antes de que se nos escapen. Esto se pone emocionante. Lo presiento.

Estábamos completamente sin aliento cuando volvimos a la entrada del café.

—Ahora te toca otra vez a ti, Fede —ordenó nuestro jefe.

La verdad es que no hacía falta que lo dijera pues yo habría mirado por la ventana de todas maneras. Quería saber cómo continuaba el asunto.

Cuando miré dentro del café, supe que ese día no averiguaría nada más. La señora Sulte-Stratmann y el hombre se habían ido.

—¡Eh, tíos, eh!

—¡Caramba, Fede! —susurró Charly—. No grites tanto. ¿O quieres que nos descubran?

—No pueden hacerlo. Se han ido.

Sin casi darme cuenta me encontré a Charly junto a mí.

—¡Es cierto! ¡Qué asco! No pueden estar lejos. ¡Quizá todavía podamos encontrarlos!

Y volvimos a correr detrás de nuestro jefe. Si continuábamos así durante mucho más tiempo, me quedaría tan delgado como Rabanito.

—¡Parece como si se hubieran desintegrado! —se quejó Charly, mientras jadeábamos en la esquina de una casa, después de haber recorrido arriba y abajo las calles de los alrededores del café.

—¿Hemos mirado allí? —preguntó después, señalando un callejón por el que ni siquiera podía pasar un coche.

—¡Ya basta! —gritó Estefi—. Sólo falta que nos metamos en las cloacas para intentar dar con ellos.

—Seguro que ellos ya están en su casa —opinó Rabanito.

Charly negó con la cabeza.

—No creo. Ese camino lo hemos controlado el primero y no se les veía por ninguna parte.

—A no ser que nos llevasen mucha ventaja. Además, yo también creo que no tiene ningún sentido continuar buscando.

Charly miró la hora.

—Tienes razón, Rabanito. Es hora de irse a casa. Pero me da mucha rabia haberlos perdido. Me habría gustado saber adónde han ido. Uno de nosotros tendría que haberse quedado de guardia delante del café.

—Ahora ya es tarde para lamentarse —dijo Rabanito—. ¿Y qué te hace pensar que se han ido los dos juntos? Todo el rato han estado peleándose. Lo más probable es que no se hayan marchado del brazo.

—¡Tampoco he dicho yo eso! Pero, por lo menos, podríamos haber seguido al hombre. Ése ahora me interesa más que la señora Sulte-Stratmann.

—¿Por qué se habrán peleado? —preguntó Estefi.

—Yo creo que por el botín —fue la respuesta rápida de Charly.

—¡Eh, tío, eh! ¿Cómo lo sabes? La gente se pelea por mil motivos.

—¿Con una peluca en la cabeza? Está claro que la señora Sulte-Stratmann no quería que la reconociesen. ¿Y por qué no quería que la reconociesen?

Porque tiene algo que ocultar. Y eso es, como sabemos, el robo al banco. Así que la pelea fue por el robo al banco. Hay que deducir, Fede. Tienes que deducir más.

—¿Y por qué se ha quitado la peluca y la ha tirado en el lavabo?

—Tal vez la están chantajeando —dijo de pronto Rabanito.

Charly abrió mucho los ojos.

—¡Bien, Rabanito, muy bien! Eso aún no se me había ocurrido. Pero sería una posibilidad. El tipo la vio cuando ella robaba el banco y ahora la chantajea.

Rabanito estaba radiante.

—¡Exacto! Y hoy ella le ha dado el dinero que él le pedía. Por eso estaba tan rabiosa. Cuando todo ha acabado, ha tirado la peluca porque ya no tenía nada que temer.

Charly no dijo nada, sino que golpeó a Rabanito en el hombro en señal de reconocimiento.

¡Chantaje, robo al banco...! No tenían otra cosa en la cabeza. ¿Y quién pensaba en la pobre señora Sulte-Stratmann?

¡Nadie! Claro que podían estar haciéndole chantaje, pero podía ser por motivos bien diferentes a los que creía Charly. Tal vez había cometido un error, quién sabe cuándo, y tenía que estar pagando toda la vida por él.

—Ya le daré vueltas a todo esto en casa —anunció Charly—. Mañana por la mañana seguiremos discutiéndolo.

Nos pusimos en camino para volver a casa. Mientras regresábamos todos juntos y en silencio, se me ocurrió una idea. Pero para llevarla a cabo tenía que volver al café y además solo. Me rompí la cabeza pensando en la manera de deshacerme de los demás sin que se notara demasiado.

Por fin, encontré la solución. Me quedé quieto y dije:

—¡Eh, tíos, eh! ¡Aún tengo que comprar algo de fruta! Me había olvidado por completo. Se lo he prometido a mi madre, porque ella hoy trabaja. Adiós, hasta mañana. Más tarde llevaré a Precioso a su caseta.

Antes de que los demás pudieran reaccionar, me di la vuelta y corrí en dirección opuesta. Dos calles más abajo, cuando estuve seguro de que ya no podían verme, me apoyé en la pared de una casa para respirar.

Precioso silbaba, probablemente porque tenía hambre. Le estaba bien empleado. Por haberme sido infiel.

—Ahora te fastidias. Tendrás que esperarte a que haya acabado lo que tengo que hacer.

En un primer momento, lo dejé en el suelo para que anduviese un poco, pero después me dio pena y volví a cogerlo en brazos.

Lo que me había propuesto podía ser muy bochornoso. Lo más importante era que no me hablara nadie en el café. Pero nada más cerrarse la puerta tras de mí al entrar en el café, tuve que desechar la idea.

—¿Puedo ayudarte en algo? —me preguntó una camarera de delantal blanco y con una bandeja en la mano.

Busqué desesperadamente una excusa. En ese momento, Precioso soltó un silbido y se me ocurrió la solución.

—Mi perro tiene una sed horrorosa —me quejé—. ¿Puedo darle agua del lavabo?

La mujer miró a Precioso con compasión.

—Pobrecillo. Parece muy débil. Espera, iré a buscarte un recipiente. Los lavabos están ahí detrás.

Quise contestarle que ya lo sabía, pero pensé que mejor callármelo. Apenas encontré los lavabos, me enfrenté a un segundo problema. ¡Tenía que entrar en el servicio de señoras! Como me pescara alguien, iba apañado. Miré a mi alrededor. Ningún cliente hacía signos de levantarse. Aunque cabía la posibilidad de que alguna señora estuviese dentro del lavabo. Debía asumir ese riesgo. Respiré profundamente y empujé la puerta.

Por una vez, tuve una suerte excepcional. No había nadie a la vista. Además encontré inmediatamente lo que buscaba. Medio tapada con papeles descubrí la peluca en la papelera, tal como había dicho Estefi. Con un solo gesto, la pesqué y la metí debajo de mi chaqueta.

Aún dudé un segundo. Pero abrí la puerta y corrí hacia afuera sin mirar a la derecha ni a la izquierda. Corrí calle abajo tan aprisa como pude con Precioso en brazos y la peluca debajo de mi chaqueta. Hasta que no estuve completamente seguro de que nadie me seguía, no paré.

¡Conseguido! ¡Había funcionado! Por fin tenía

un recuerdo personal de ella. Pasara lo que pasara, nadie me quitaría esa peluca.

8
La asociación de animales maltratados

Charly y yo habíamos pactado que al día siguiente él se haría cargo de la comida de Precioso, así que pude desayunar tranquilo. No me hacía mucha gracia, y en seguida me arrepentí de haber cedido ante Charly con eso de los «turnos alternos».

Nuestro jefe nos recibió de muy buen humor en el patio del colegio. Había llegado, como era de esperar, el primero. Me pregunté a qué hora se habría levantado.

—¿No te habrás olvidado de Precioso? —le susurré cuando Estefi y Rabanito no nos oían.

Charly me miró ofendido.

—¿Por quién me tomas?

Eso lo cazó Estefi.

—Por el mayor detective de todos los tiempos. ¡Está claro!

—Algún día me lo dirás de verdad y no sólo de burla —contraatacó Charly.

—¡Ah!, entonces empieza a soltar todas las deducciones a las que llegaste ayer. Seguro que no te fuiste a la cama sin pensar en la señora Sulte-Stratmann, ¿no?

—Desde luego, pero pensé poco y me enfadé mucho. ¡Ojalá no hubiéramos perdido al tipo del café! Seguro que habríamos adelantado algo más.

—Lo mejor sería dividirnos —sugerí yo—. Que unos vigilen a la señora Sulte-Stratmann y los otros, la mansión.

—Un plan muy bueno —sonrió Charly—. Eso mismo iba a proponer ahora. Rabanito y tú seguiréis los pasos de la Sulte-Stratmann. Estefi y yo nos encargaremos de la casa. Vigilar a los sospechosos ha sido siempre el alfa y el omega de la solución de un crimen.

Estefi sonrió irónicamente, pero no dijo nada. Creo que hacía tiempo que había calado a Charly.

Lo que ninguno de nosotros sabíamos aún era que la señora Sulte-Stratmann arruinaría nuestro bonito plan.

Todo empezó cuando nos dio un susto en el siguiente recreo.

Como siempre, nos habíamos dirigido a nuestro rincón de reuniones. Tiene lugar en una zona un poco apartada del patio a la que raramente van a parar otros alumnos durante el descanso. Así podemos hablar tranquilamente sin que nadie nos moleste. O al menos, eso creíamos.

Estábamos discutiendo qué grupo se llevaría a Precioso consigo por la tarde: Rabanito y yo, o bien Charly y Estefi, cuando de pronto pasó por delante de nosotros la Sulte-Stratmann. Ninguno la había visto acercarse y nadie había reparado en ella. Casi nunca se acerca ningún profesor a ese rincón.

—No deberíais quedaros quietos y cuchicheando en el recreo. Un poco de movimiento os sentaría mejor.

—No sabíamos que hoy estaba usted de guardia, señora Sulte-Stratmann —conseguí pronunciar, después de que nos hubiéramos quedado mirándola fijamente un buen rato.

Entonces me di cuenta de lo grave del asunto.

—Pues ya lo sabes, Federico. Espero que eso te tranquilice.

«¿Qué había querido decir con eso? ¿Sabía qué sentía yo por ella?»

Se dio la vuelta y se fue. Si alguien me hubiera tocado, me habría caído al suelo, tieso como una plancha.

Justo cuando la señora Sulte-Stratmann había dado unos pasos, apareció el señor Brinkmann. Había llegado por el otro lado, así que no podía vernos. Es nuestro *profe* de Matemáticas. Todos le llamamos «el guapo de Gerardo», porque durante las clases de *Mates* se mira por lo menos tres veces en el espejo que hay en nuestra aula.

Apenas vio a la señora Sulte-Stratmann, sonrió como en los anuncios de dentífricos.

—Buenos días, querida colega —flirteó—. ¿Qué hace usted tan sola por el salvaje Kurdistán?

Con esa ocurrencia pretendía hacer reír a la señora Sulte-Stratmann, pero ella ni siquiera se inmutó.

—¿Quiere que paseemos un rato juntos? —continuó «el guapo de Gerardo».

—No, gracias, señor Brinkmann. Prefiero estar sola.

Entonces él se puso delante de ella, cortándole el paso. La señora Sulte-Stratmann se quedó quieta y adelantó un poco la cabeza. Parecía una pantera a punto de atacar. Eso tendría que haber sido un aviso para el señor Brinkmann. Pero él insistió de nuevo.

—Siempre sola, señora colega. Eso no está bien. Empieza a preocuparme. Además, me gustaría hablar en privado con usted sobre su pequeño secretito.

—¿Secretito? —dijo la señora Sulte-Stratmann—. ¿De qué me está hablando?

—Bien, se rumorea en el claustro de profesores. Acuérdese de lo que ponía en el diario hace un par de semanas sobre usted... Quizá pudiéramos discutirlo durante una cena. Es más agradable que hablarlo en la sala de profesores. ¡Allí puede escucharnos cualquiera!

La señora Sulte-Stratmann respiró hondo.

—¡Con usted, querido señor Brinkmann, no quiero hablar de nada! —le gritó de forma que seguramente todos los del patio pudieron oírlo—. ¡Ni en la sala de profesores ni durante una cena!

Le dio tal empujón en el pecho, que «el guapo de Gerardo» apenas pudo mantener el equilibrio; ella le pasó por delante y se escapó hacia el colegio con la cabeza bien alta.

Muchos de nosotros presenciamos lo que se cocía entre ellos. Con la cabeza gacha, «el guapo de Gerardo» se fue corriendo detrás de la señora Sulte-Stratmann. El resto del recreo estuvimos sin vigilancia.

—¡Éste sabe algo! —dijo Charly después de recuperarnos del susto—. ¡Seguro que sí! Siempre lo he presentido. Aquí hay algo que no encaja. Estamos cerca de descubrirlo, chicos. Muy cerca.

Estefi, Rabanito y yo no dijimos nada. Estábamos demasiado aturdidos para contestar. ¡Durante un rato me había sentido tan contento, y entonces había llegado el idiota de Brinkmann y lo había estropeado todo!

—¡Eh, tío, eh! ¿Qué quería decir con lo del periódico?

—¿Eres tonto o sólo lo pareces? —me dijo Charly.

—¡El artículo del robo al banco! Apareció hace un par de semanas en el periódico. Eso era una indirecta. ¡Seguro!

No era verdad. No podía ser verdad.

—¡Rápido! —gritó Charly—. ¡Vayamos dentro, quizá allí continúa la movida!

—¿Es que quieres entrar en el edificio durante el recreo? —preguntó Rabanito asustado—. ¡Está prohibido!

—Podemos mirar por la ventana. A lo mejor descubrimos algo. El aula de Naturales está en la planta baja.

Corrimos alrededor del colegio hasta las ventanas de nuestra clase de Naturales. Miramos dentro con cuidado. Pero a parte de *Body,* nuestro esqueleto, no había nadie más.

Charly estaba visiblemente decepcionado.

—Lástima. ¡Me habría gustado tanto saber qué quería decir «el guapo de Gerardo» con eso del secreto!

Yo hacía rato que ya no estaba seguro de quererer saberlo. Además, aún me esperaba el segundo golpe. Llegaría en el siguiente recreo.

Sin ni siquiera habernos puesto de acuerdo no fuimos a nuestro rincón de reuniones y comenzamos a deambular por el patio sin rumbo fijo.

Después de dar un par de vueltas, nos encontramos, por casualidad, al chico de la clase de al lado que se había burlado de Precioso la tarde en que seguimos a la señora Sulte-Stratmann a su casa.

Y al parecer, quería continuar la bulla en el punto donde lo había dejado.

—¿Dónde tenéis a vuestra escobilla de váter? —nos gritó desde lejos.

—¡Como te persigamos con la escobilla del váter, a los dos minutos no te reconocería ni tu madre! —le contestó Charly.

Entonces se puso en jarras.

—Por bocazas, no os diré la noticia, y por mí, podéis moriros de curiosidad.

—¿Qué noticia?

El otro sonrió como una hiena.

—Vuestra excursión se ha suspendido, así que ya podéis empezar a dar botes de alegría.

—¡Eh, tío, eh! ¿Y por qué?

—La Sulte-Stratmann ha desaparecido.

—¡Qué tontería! —dijo Estefi—. En el primer recreo estaba de guardia.

—Es verdad. Pero nosotros teníamos Naturales la hora anterior y, en vez de la Sulte-Stratmann, ha aparecido el director. Nos ha dicho que ella no nos daría la clase hoy y que, de momento, no volvería por el colegio.

—¿Por qué? —preguntó Charly.

—¡Ni idea! —dijo el chico sin inmutarse—. La verdad es que me da igual.

Estaba a punto de irse, cuando Rabanito lo retuvo.

—¿Es cierto que la excursión resultaba tan horrible?

—¡Qué pregunta más estúpida! Ya viste cómo volvimos.

—¿Corristeis por el bosque todo el tiempo?

—Sí, casi todo el rato. Sólo hicimos una pausa, en una pequeña cabaña de cazadores. ¡La Sulte-Stratmann estaba entusiasmadísima con la chabola!

Paz y tranquilidad y esas tonterías. Bueno, lo más seguro es que vosotros os lo ahorraréis, a pesar de no merecéroslo.

Esto último lo dijo mientras se iba.

—¡Eh, tíos, eh! ¡No puede haber desaparecido sin más! ¡Ése nos ha engañado!

—No lo creo —opinó Charly—. Una historia así no puede inventársela. Es demasiado gordo. Y encima, no se ganaría más que una bronca por nuestra parte.

—¿Se habrá puesto enferma? —preguntó Rabanito.

—En el recreo, por lo menos, parecía muy sana —dijo su hermana.

Nuestro jefe volvía a tener una solución a mano.

—Lógicamente, todo esto tiene que ver con «el guapo de Gerardo». Seguro que tiene miedo de que él sepa algo del robo al banco y que la quiera pescar. A lo mejor «el guapo de Gerardo» está confabulado con el hombre del café. Y ahora ella ha huido con el dinero. Tal vez no volvamos a verla nunca más.

—¡Eh, tío, eh! Eso no lo sabes. A lo mejor está enferma de verdad.

—Claro. A lo mejor Papá Noel existe. Hombre, Fede, ¿es que no eres capaz de sumar dos y dos?

—Deberíamos volver a mirar en el aula de Naturales —sugirió, cómo no, Rabanito—. A lo mejor ha dejado una nota en la pizarra. Los profesores lo hacen a veces.

Charly miró a Rabanito realmente maravillado.

—Te convertirás en un buen detective, Rabanito. Vamos a comprobarlo. Si alguien nos pesca, ya se nos ocurrirá una excusa.

Por suerte, el aula de Naturales no estaba cerrada. Nos colamos dentro. Las cortinas estaban corridas a medias y olía a humedad. *Body* estaba colgado enfrente de la puerta. Nos sonreía con su sonrisa de calavera. Me recorrió un escalofrío por toda la espalda.

—No pone nada en la pizarra —dijo Charly en vano, pues nosotros ya lo habíamos visto hacía rato.

Tampoco vimos nada fuera de lo normal en nuestra aula de *Natus*.

Pero cuando nos dirigíamos hacia la puerta, Estefi pegó un grito. Yo me asusté. No nos tenía nada acostumbrados a esos gritos.

Señaló el pupitre junto a la ventana y dijo:

—¡Mirad lo que hay allí!

Entonces también lo vimos nosotros. Como si estuviera esperando a su propietaria, allí estaba la cartera de la señora Sulte-Stratmann, en el pupitre de la ventana, junto a *Body.*

Charly se precipitó sobre ella y la cogió.

—¡Eh, tío, eh! ¿No querrás llevártela?

—¡Nooo! Sólo mirar qué hay dentro. No creo que haya ningún problema. Al fin y al cabo, digamos que es una emergencia. Seguro que ha puesto pies en polvorosa cuando «el guapo de Gerardo» la ha descubierto. Y se ha olvidado de la cartera.

Tenía razón, o por lo menos, podríamos utilizarlo como excusa si alguien nos pescaba con las manos en la masa. Una mirada rápida fue suficiente para ver que no tenía nada especial.

—Deberes de Naturales, un bloc y un estuche de escritorio —contabilizó Charly.

—Es curioso que no haya objetos personales. Ningún pintalabios, ningún bocadillo. ¡Ni siquiera su agenda!

—Quizá se ha dejado la cartera a propósito en el colegio.

—O se ha encontrado mal de repente y no ha pensado más en ella —opinó Rabanito.

Charly no se dio por satisfecho con el escaso hallazgo. Cogió las hojas de los deberes y volvió a mirar.

—Aquí hay algo. ¡Un periódico!

—¡Qué interesante! —dijo irónicamente Estefi.

Sin reparar en su observación, cogió el periódico y lo desplegó. Al momento pegó un grito como si hubiera visto un fantasma.

—¿Qué pasa? —preguntó Estefi.

—¡Mirad esto! ¡Mirad esto!

Casi llegamos a su lado los tres a la vez, y miramos el periódico. Entonces supimos a qué se refería.

En grandes letras negras ponía:

TRES INDIVIDUOS ROBAN EN UN BANCO UN BOTÍN DE MÁS DE CIEN MILLONES...

Rabanito cogió aire.

—Pero si esto es...

—Es el artículo sobre el atraco al banco —completó nuestro jefe—. ¡Justo en la cartera de la señora Sulte-Stratmann!

Estefi agitó la cabeza.

—Hay algo que no encaja.

¡No podía ser verdad!

—¡Eh, tío, eh! Quizá se ha olvidado el periódico. Seguro que está enferma.

—¿Y por qué no vamos esta tarde a su casa y se lo preguntamos? —sugirió Estefi—. Así sabremos si está enferma o no. Ahora yo también estoy interesada en saber qué le pasa.

—¿Quieres ir a su casa sin más? —le preguntó Rabanito.

—¿Cómo que sin más? No es ningún delito visitar a una profesora que está enferma. Al contrario, es muy normal.

—¿Eso lo encuentras normal? —gritó Charly—. La propuesta de ir a su casa me gusta. Pero debemos buscar una excusa mejor.

—Entonces, adelante, gran maestro.

Estefi sabe muy bien cómo hacer enfurecer a Charly. Esta vez también funcionó.

—¡Sí! —dijo él, colorado—. ¡Ya lo haré! A las tres nos encontraremos en la caseta de Precioso. Hasta ahora creo que hemos conseguido la información de manera discreta. Me quedaré el periódico. Seguro que podemos utilizarlo como prueba en la comisaría.

¡Comisaría! Me recorrió un escalofrío por la espalda.

—¡Eh, tío, eh! ¿Puedo quedarme yo con el periódico?

—¿Por qué?

—Porque tengo un buen escondite en mi habitación.

Por un momento, Charly me miró incrédulo. Pero acabó dándomelo. Lo quería poner en un sitio seguro. Si al final acusábamos a la señora Sulte-Stratmann, siempre podría decidir si se lo daba a la policía o no.

Como me había temido, los pensamientos sobre la señora Sulte-Stratmann ya no me abandonaron, ni en las dos últimas horas de clase ni en el camino a casa.

Durante la comida mi madre me dejó tranquilo. También ella estaba preocupada, aunque por otros problemas. Me alegré. Lo que no me alegraba en absoluto era la desaparición de la señora Sulte-Stratmann. Lo peor era que nuestra sospecha de que estaba implicada en el robo al banco parecía cada vez más probable. Todos los indicios la señalaban, como diría Charly.

Si no descubría pronto qué pasaba con la señora Sulte-Stratmann, me volvería loco. Eso lo sabía yo muy bien. Y por eso, lo mejor que podía hacer era ir a su casa y preguntárselo. ¡Si no tuviera tanto miedo…!

Mientras me dirigía a la caseta de Precioso pensé que a menudo me enfadaba porque los miembros de Charly & Company nunca me tomaban en serio. Incluso Rabanito se reía con frecuencia de mí. Por eso estaba tan contento de tener yo el periódico.

—Bueno, ¿qué propones? —Estefi saludó con esas palabras a nuestro jefe, apenas llegó.

—Nada especial —contestó él decepcionado—. Improvisaremos. Siempre es lo mejor.

—Estoy impaciente por ver qué ocurre —dijo Estefi con ironía.

En la puerta de entrada de la casa de la señora Sulte-Stratmann miré los letreros.

—¡Eh, tíos, eh! Ahí pone un nombre.

HERMANN, G.

Y debajo, con bolígrafo, habían escrito:

Sulte-Stratmann. Llamar 2 veces

—¿Quién será este Hermann? —pregunté yo.

—Si llamas, lo sabremos —dijo Estefi.

Toqué el timbre suavemente dos veces. Esperamos un poco, pero no ocurrió nada. Lo intenté otra vez. Tampoco.

—No está en casa —afirmó Rabanito cuando, al tercer intento, vio que nadie le respondía.

—Llamemos una vez más —sugirió Charly—. A ver qué pasa.

Había llegado tan lejos, que ya nada me importaba. Toqué el timbre una sola vez. No tardó en sonar la puerta. Charly la empujó y entró. Estefi y Rabanito lo siguieron con cuidado. Yo iba a la cola con Precioso en brazos. En eso tenía suerte.

Encontramos en seguida la casa a la que correspondía el timbre. En la puerta, habían colocado el mismo letrero que en la entrada: «Hermann, G.» en letras gruesas de imprenta, y debajo «Sulte-Stratmann» en bolígrafo. Pero nadie había abierto la puerta.

—¿Llamamos? —susurró Rabanito.

Charly gruñó.

—¡Claro! ¿O crees que quiero pasarme aquí toda la noche?

Llamé con cuidado al cristal de la puerta. Vibró como si le hubiera dado una patada. Entonces se abrió. Ante nosotros se encontraba una mujer muy peculiar. Pesaría por lo menos doscientos kilos, y no era muy alta. Además se había peinado el pelo en forma de torre, muy parecida a la de Pisa. A pesar de ser tan mayor como mi abuela, llevaba mucho maquillaje, y polvos, y sus labios estaban pintados de un color rosa rojizo.

—¿Qué queréis? —preguntó con no demasiada simpatía—. No compro nada.

—Nosotros..., eh..., tampoco compramos nada —empezó a decir Charly, el maestro de la improvisación.

—¿Cómo?

Charly volvió a abrir la boca, pero de ella no salió ni una sola palabra.

—Yo..., eh..., sólo queríamos recaudar dinero —tartamudeó luego.

Mi mirada recayó en Precioso que temblaba y silbaba. En él encontré la idea que creí podía salvarnos.

—Somos de la asociación de animales maltratados. Necesitamos dinero para alimentarlos.

La cara de luna llena cambió de golpe. Pareció como si hubiera salido el Sol.

—¡Animales! Eso es una buena causa. Me gustan los animales.

—¿Es usted la señora Hermann? —preguntó Estefi desde detrás.

—Sí. Guillermina Hermann. ¿Me conoces, pequeña?

—No, pero lo pone en la puerta.

—¿Podríamos entrar un momento? —pregunté yo tímidamente.

Durante un segundo nos miró con recelo, pero se apartó a un lado y nos hizo un gesto con la mano para que pasáramos.

—¡Está bien, entrad, niños! Pocas veces recibo visitas. A mi edad, cualquier cambio es bien recibido.

Entramos y nos quedamos en el recibidor algo desconcertados. Miró a Precioso y agitó su gorda cabeza.

—¡Pobre animal! ¿Es uno de vuestros protegidos?

Estefi no dejó escapar la oportunidad.

—¡Sí! Hemos escogido el ejemplar más penoso.

Precioso se había acurrucado contra mí y silbaba lo que su hueco del diente le dejaba.

La mano de la señora desapareció en uno de sus bolsillos y apareció de nuevo con un monedero. Antes de que me diera cuenta me puso una moneda delante de la cara.

—Ten, chico. ¡Ya que tiene ese aspecto tan desastroso, por lo menos, que coma bien!

Automáticamente mi mano cogió la moneda. En realidad, no quería el dinero de la señora, pero si no lo hubiera aceptado, se habría descubierto mi mentira inmediatamente.

—¡Muchas gracias!

—De nada, chico. Para una buena causa lo doy a gusto.

Estefi miró a Charly. Pero éste seguía sin decir nada. Así es que por fin fue ella quien se lanzó a preguntar:

—¿Vive la señora Sulte-Stratmann con usted?

—Sí, es mi inquilina. Le he alquilado una habitación amueblada. ¿Queréis sacarle dinero también a ella?

¡Inquilina! ¡Habitación amueblada! Todo era cada vez más espantoso. No podía creer que la señora Sulte-Stratmann viviera en esa casa, pero que encima estuviera de alquiler en una habitación polvorienta era inimaginable. ¿Realmente era una asaltante de bancos? Quizá por desesperación, para salir de esa habitación.

Esta vez Estefi no mintió.

—No, es nuestra profesora. Queríamos preguntarle una cosa.

—Lo siento, pero ahora no está aquí.

—¿No está aquí? —grité yo; entonces noté cómo mi corazón latía más deprisa—. ¿No estará enferma?

—No. Que yo sepa, no.

—¿Y sabe usted cuándo volverá? ¿O adónde ha ido? —dijo Rabanito sin dar rodeos.

—No. Lo siento, pero no lo sé. Y ahora, sinceramente, niños, soy vieja pero no tonta. ¿Qué queréis en realidad? Vosotros me ocultáis algo.

Nos miramos un momento. Ninguno sabía qué debíamos responder.

Por fin, nuestro jefe tomó las riendas.

—Lo que ocurre es que... —dijo titubeante— esta mañana nuestro director nos ha dicho que la señora Sulte-Stratmann no volvería en mucho tiempo. Por eso hemos pensado que estaba enferma, aunque la acabábamos de ver, y nos había parecido bien sana. Así que hemos venido para preguntar qué le pasaba.

La señora Hermann miró a Charly pensativa.

—Es verdad. Hoy ha vuelto del colegio antes de lo normal. Pero no parecía enferma, sino más bien excitada o nerviosa.

Charly me estampó su codo en las costillas. Sabía qué quería decir con eso.

—¿Por qué estaba nerviosa? —preguntó en seguida—. ¿Se lo ha dicho a usted?

—No, sólo ha dicho que se iría por un tiempo.

—¿De verdad? —preguntaron Charly y Estefi a la vez.

—De verdad —sonrió la señora Hermann—. Y entonces ha hecho las maletas y se ha ido.

—¿Adónde? —pregunté yo, notando que mi voz temblaba.

—También se lo he preguntado. Pero sólo me ha dicho que tenía que irse.

—¿Ha dejado alguna dirección?

La señora Hermann agitó su peinado de torreón.

—No, no lo ha hecho. No nos conocemos tanto. Sólo vive aquí desde hace tres meses.

—¿Sólo...? ¿Sabe usted dónde vivía antes? —tanteó Charly.

—No. Eso tampoco lo sé. Pero cuando se mudó a mi casa trajo las cosas en su propio coche. Por lo menos hizo diez viajes de aquí para allá.

Yo me armé de todo mi valor y le dije:

—¿Podemos ver su habitación?

La señora Hermann me miró como si le hubiera dado una patada en la espinilla.

—¡Jovencito! ¡Te has pasado de la raya! ¿Crees de verdad que os dejaría meter las narices en la habitación de mi inquilina? Si queréis saber algo más, tendréis que preguntárselo a la señora Sulte-Stratmann vosotros mismos.

Eso fue terminante. Charly también lo entendió inmediatamente y volvió a jugar al gran detective.

—Muchas gracias, señora Hermann. Nos ha ayudado mucho en nuestras averiguaciones.

La señora Hermann sonrió y agitó la cabeza, lo que provocó una sonrisa sin malicia de Estefi.

—No tiene importancia, chico. Y no os preocupéis. Seguro que todo tiene una explicación sencilla.

Estábamos casi fuera cuando me di cuenta de que aún llevaba en la mano la moneda que me había dado la señora Hermann para Precioso. Se la alargué.

Miró con compasión a mi perro, al que yo había cogido otra vez en brazos.

—No. Quédatela. Para que tenga algo en el estómago.

En la calle, Estefi arremetió contra Charly.

—¡Has improvisado de maravilla, jefe! ¡De verdad, has estado fantástico!

—Ya, ya —murmuró Charly—. Hoy no es mi mejor día. De todas maneras, hemos averiguado bastantes cosas.

—¡Eh, tío, eh! ¿A lo que nos ha explicado llamas mucho? Sólo sabemos que no está enferma y que se ha ido a alguna parte.

—¿Por qué guarda tanto secreto? —preguntó Rabanito.

—Es bien sencillo. ¿Le explicarías tú a alguien adónde vas si estás huyendo, y además arrastras contigo una gran cantidad de dinero? —le dijo Charly.

—Si realmente está huyendo, puedes tener razón —admitió Estefi.

—Así es. Por eso es muy probable que esté en un sitio que nosotros conozcamos —siguió Charly.

—¡Eh, tío, eh! ¿Te refieres a la mansión?

—Cien puntos, Fede. Es exactamente el sitio al que me refiero.

9
A la caza con Precioso

Estefi, Charly y Rabanito hablaban con gran excitación sobre las declaraciones que nos había hecho la señora Hermann. Yo no les escuchaba.

Estaba demasiado ocupado pensando en lo que había dicho Charly. ¡Huida! ¿Huiría realmente la señora Sulte-Stratmann de la policía? Quizás estaba en la mansión con su marido y todo era un malentendido.

No tuvimos la oportunidad de averiguarlo. Justo cuando teníamos la mansión al alcance de nuestra vista, se abrieron las puertas y pasó por la entrada, a toda velocidad y con un chirrido de ruedas, el deportivo rojo, y se nos escapó por la primera esquina.

—¿Habéis visto quién iba en el coche? —preguntó Charly.

—¡No, tío, no! Iba demasiado deprisa. Ha sido imposible reconocerlo.

—¡Entonces, andando! —gritó Charly—. Vamos a llamar. A lo mejor la señora Sulte-Stratmann aún está dentro.

—¿Y si no está? —preguntó Rabanito—. ¿Y si abre otra persona?

—Ya se nos ocurrirá algo —contestó Charly mirando de reojo a Estefi.

Llamamos y, en efecto, poco después se abrió la verja de entrada. Ante nosotros se encontraba un hombre, que identificamos como el jardinero, porque llevaba un rastrillo en la mano.

El jardinero nos miró con gesto interrogante.

—¿Podría ayudarnos? —le preguntó Estefi.

—Depende de qué se trate.

—¿Era el señor Sulte el que acaba de salir en coche?

—Sí, sí que era él. ¿Por qué queréis saberlo?

—¿Iba él solo? —volvió a preguntarle Estefi.

—No lo sé. Yo estaba detrás de la casa cuando él salió. Pero, ¿por qué lo preguntáis?

Antes de que a alguno de mis amigos se le ocurriera una excusa estúpida, yo intenté responder con la verdad.

—Buscamos a nuestra profesora. Es pariente del señor Sulte. Se trata de nuestro examen de Naturales. Creímos que quizás ella estaba aquí.

—Me temo que tampoco en eso puedo ayudaros. Yo sólo conozco al señor Sulte.

—¿Y no hay ahora ninguna mujer en la casa? —preguntó Estefi.

—En este momento, no, que yo sepa.

—¿Y antes? —pregunté yo—. Tiene el pelo negro. ¡Y es muy guapa!

Pasé por alto las miradas maliciosas de los demás.

—Así que es muy guapa —se rió el jardinero—. Eso le va al señor Sulte, pero no he visto por aquí a una señora con el pelo negro. Todas las que se han cruzado por mi camino en esta casa eran rubias.

Nos miramos. Se me pasó por la cabeza que el señor Sulte fuera un polígamo.

—De todas formas, yo trabajo aquí desde hace tan sólo un par de semanas. A lo mejor antes de que yo estuviera por aquí... —dijo, imperturbable, el jardinero.

—¡No, no! —respondió Charly—. Le hablo de hoy o de ayer.

—Entonces, seguro que no la he visto. Pero eso no quiere decir mucho. Sólo trabajo aquí un par de horas por las tardes. Siento no poder ayudaros.

—¿Podría decirnos por lo menos adónde iba el señor Sulte? —quise saber yo entonces.

—Me dijo que quería marcharse un par de días, alargar el fin de semana.

—¿Y no habló de a qué lugar exactamente?

El jardinero se rascó el sombrero.

—Esperad. Ayer comentó que estaría fuera el fin de semana, pero no recuerdo dónde… ¡Eso es! Dijo que quería ir a Haltern, no sé muy bien a qué.

Nos las arreglamos para despedirnos y llegar discretamente hasta la siguiente esquina. No conté a los demás mi sospecha de que el señor Sulte fuera polígamo. Habría sido enredarlo todo aún más.

—¡Haltern! —dijo Charly excitado—. ¡Quién lo iba a decir! ¡La excursión! ¿Y sabéis cuántas veces la Sulte-Stratmann nos ha puesto Haltern por las nubes?

Lo sabíamos.

—¿Pero cómo la vamos a encontrar? —preguntó Rabanito—. Haltern no es muy grande, pero…

—¡Hombre, ya sé dónde podríamos buscarla! —intervino Estefi—. ¡En la cabaña de los cazadores! Aquel chico de la otra clase nos contó que se pararon allí con la señora Sulte-Stratmann.

Charly asintió con la cabeza.

—Paz y tranquilidad. Pero eso no quiere decir que la encontremos allí. Querrán repartirse el botín. O a lo mejor la han raptado. Al menos ayer parecía que los gángsteres no estaban de acuerdo entre ellos. Y los secuestradores no se rinden así como así.

De nuevo me recorrió un escalofrío por la espalda.

—¡Eh, tío, eh! ¿No creerás de verdad que él le va a hacer daño?

—No lo sé, pero por si acaso hemos de contar con ello.

—¡Tú has visto muchas películas! —se alteró Estefi—. ¡Eso son historias espeluznantes!

—¿Cómo es que estás tan segura de que no está en peligro? —respondió Charly—. Y aunque no lo esté en este momento, lo estará en cuanto sepan que ha huido con el botín.

Estefi no respondió.

—Bueno, pues si queremos estar seguros, debemos averiguarlo.

—¿Quieres buscar la cabaña de caza? —se aseguró Rabanito.

—Exactamente. Por desgracia, hoy ya es muy

tarde. Será mejor que mañana mismo nos pongamos en marcha nada más acabar las clases.

Sin discutirlo demasiado, en el camino a casa nos paramos en la estación. Preguntamos cuánto valían los billetes de ida y vuelta a Haltern, y juntamos todo nuestro dinero; por suerte, teníamos suficiente.

—En realidad, yo me quería comprar un cómic con este dinero —se quejó Rabanito.

—La señora Sulte-Stratmann es mucho más importante que tu estúpido cómic —le dije inmediatamente.

Miramos el horario. Tuvimos suerte. A las dos salía un tren hacia Haltern. Y al anochecer volvía otro.

—Espero que no tardemos en encontrar el camino a la cabaña y que no esté muy lejos —dijo Rabanito con miedo—. El tren vuelve a las siete.

—¿Y...? —preguntó Charly nervioso—. El viaje dura media hora. Eso quiere decir que a las dos y media ya estaremos allí. Nos quedarán cuatro horas para nuestra operación. ¡Será más que suficiente!

—Eso, si nada se interpone a nuestra excursión

—opinó Estefi—. Llevaremos por si acaso a nuestro perro de caza.

Al día siguiente, después del colegio tuve que darme mucha prisa. El tren salía a las dos y antes tenía que pasar a recoger a Precioso. Me había ofrecido voluntariamente. Nadie debía dudar de que Precioso era mi perro.

—¡Por Dios, Federico! —me riñó mi madre—. No engullas la comida de esa forma. Parece que no hayas comido en tres días.

—Tengo mucha prisa —contesté con la boca llena.

Mi madre sonrió.

—¿Vas a encontrarte con tus amigos detectives otra vez?

Asentí con la cabeza. Por suerte, no hizo más preguntas. No me hace ninguna gracia tener que mentirle a mi madre. Además, casi siempre se da cuenta en el acto. Como el fin de semana estaba a las puertas, los deberes no fueron impedimento alguno. Así que, sin que volviera a molestarme, me puse en camino. Antes cogí algo del escondite de detrás de mi armario. Si lo utilizaría o no, ya tendría tiempo para pensarlo.

Lo conseguí. El tren aún estaba en la vía. Allí me esperaban Estefi, Rabanito y Charly, que me hacían señales nerviosos. Corrí lo más deprisa que pude con Precioso en brazos.

—Creíamos que tendríamos que irnos sin ti.

—No he podido llegar antes —jadeé—. Eso que con Precioso en brazos voy más deprisa que si corre a mi lado, porque se para en todas las farolas que encuentra por el camino.

Por desgracia, no vimos ningún compartimento vacío. Tuvimos que sentarnos con una pareja mayor, que no paró de mirarnos recriminatoriamente durante todo el viaje por culpa de Precioso. Un par de veces la mujer lo miró arrugando mucho la nariz.

—¿Preguntamos en la misma estación por la cabaña? —le susurré a Charly.

Él negó con la cabeza y puso el dedo índice delante de la boca. Tenía razón. Cuando hay gente cerca, mejor no discutir los casos que estemos investigando.

—Ya había pensado en preguntarles a los de la estación por la cabaña —me aclaró Charly cuando por fin bajamos del tren—, o mejor a alguien que sea del lugar.

Como los demás no teníamos ni idea de cómo se distingue a los del lugar de los que no lo son, le dejamos tomar la iniciativa. No tuvimos éxito. Nadie sabía que cerca de allí existiera una cabaña de cazadores. Un viejecito muy agradable, que no oyó bien qué le preguntábamos, nos explicó primero el camino que llevaba a la iglesia, después al hospital y, finalmente, a la vieja casa del guardabosque.

—Así no arreglaremos nada —admitió el propio Charly decepcionado.

—Voto por volver a casa —se quejó Estefi enfadada.

—¡Ni hablar! Ahora ya estamos aquí, y seguiremos buscando. Además, no nos queda más remedio que quedarnos hasta las siete. Antes no hay ningún tren de vuelta.

—De acuerdo, por mí bien. Pero no tengo ganas de seguir preguntando a la gente. Es un rollazo.

—¡Eh, tío, eh! El viejecito nos ha dicho algo de la casa del guardabosque. Podríamos ir allí.

Charly me miró como si no estuviera bien de la cabeza.

—¿Qué pretendes encontrar allí? Buscamos una cabaña de caza, no la casa del guardabosque. Por esa regla de tres, también podríamos ir al hospital, ya que nos ha indicado el camino.

—¡Piensa un poco, tú que siempre vas de listo! Si el guardabosque no sabe dónde hay una cabaña de caza en su propio bosque, ¿quién lo va a saber?

—¡Claro! —exclamó Rabanito—. Preguntemos al guardabosque. Si él no lo sabe, significará que aquí no hay ninguna cabaña de caza y volvemos a casa.

Charly no estaba convencido del todo, pero quedó en minoría. Nos dirigimos hacia donde nos había indicado el viejecito.

No tuvimos que andar mucho para llegar al bosque. Dejé a Precioso en el suelo, lo cual agradeció con ladridos y saltos. Miré la hora. Eran casi las cuatro. El interrogatorio de la estación nos había llevado mucho tiempo.

Charly había visto mi gesto de la muñeca.

—No te preocupes, Fede. Tenemos tiempo suficiente. Ya estamos en el bosque. No puede caer muy lejos.

Se equivocaba. Cuando por fin descubrimos la casa del guardabosque, me salía humo por las orejas, como se dice vulgarmente.

—¡Por fin! —gritó también Rabanito—. Ya era hora. Por un momento creí que nos habíamos perdido.

A Charly no le había importado demasiado la larga caminata. Por lo menos, eso parecía.

—¡Por Dios! ¡Si ha sido un paseíto de nada por el bosque! Además, mientras yo esté con vosotros, no nos perderemos.

—¡Aquí hay un coche! —le interrumpió Estefi—. Pero no es el de la señora Sulte-Stratmann.

Delante de la pequeña casa, que por lo menos tenía cerca de cien años, había un ostentoso coche con anchas ruedas y alerones.

—¡Vaya un cacharro para fardar! —murmuró Charly—. ¿Será el guardabosque el tipo que está junto a él? No parece inspirar mucha confianza, la verdad. Yo le habría encargado que robara un banco.

—El coche le pega —me susurró Estefi.

Cogí a Precioso en brazos por precaución.

El tipo se dirigió hacia nosotros radiante, como si nos conociéramos de toda la vida.

—¡Ah! —dijo—. ¡Seguro que sois los niños Weitkamp! ¿Dónde están vuestros padres?

—En casa —dijo Estefi, sin mover una pestaña.

El fanfarrón nos miró con una cara increíblemente estúpida.

—¿Cómo? No entiendo. Vuestros padres querían que...

—Creo que nos está confundiendo con otros —le interrumpió Charly—. Nosotros no nos llamamos Weitkamp.

—¡Ah! Entonces seguro que me he equivocado —confirmó agudamente—. ¿Vais de paseo?

—No —contestó Charly—. Estamos buscando la casa del guardabosque.

La cara de aquel fanfarrón se volvió un poco más estúpida.

—¿La casa del guardabosque? ¿Y vuestros padres están en casa?

Charly asintió.

—Sí, exacto.

De repente, el tipo empezó a gesticular con las manos.

—¡No, no! Debéis ir a buscar a vuestros padres. Sin ellos no puedo enseñaros la casa.

—¡Eh, tío, eh! ¿Verdad que usted no es el guardabosque?

El fanfarrón se rió de manera que le brillaron los dientes.

—¿Acaso tengo pinta de guardabosque? No, soy agente inmobiliario. Yo vendo la casa del guardabosque. Y los Weitkamp la querían ver.

—Entonces, ¿ahora no vive nadie en ella?

—No, se encuentra totalmente vacía, sin contar a un par de ratones, claro —bromeó el agente.

—¿Sabe usted si hay cerca de aquí una cabaña de caza? —quiso saber Estefi.

El agente se rascó la cabeza.

—Sí —dijo después—. Hay una cabaña de caza por aquí. Lo sé. Si no recuerdo mal, no está muy lejos. Aunque no conozco bien el camino. Una vez pasé por delante, por pura casualidad.

Le dimos las gracias y echamos a correr.

—No querría encontrármelo de noche —dijo Rabanito cuando estuvimos fuera del alcance de su vista.

—Yo tampoco —le dio la razón Charly—. Pero por lo menos sabemos que cerca de aquí, en algún lugar de este bosque, hay una cabaña de caza. Creía que no íbamos a encontrarla nunca.

—Aún no la hemos encontrado —dijo Estefi—. Sabemos que hay una. Pero no conocemos el camino. Yo creo que deberíamos volver.

Charly miró el reloj.

—Sólo hemos necesitado media hora para llegar a la casa del guardabosque. Si le restamos el tiempo de vuelta, todavía tenemos casi dos horas para buscar la cabaña.

—¿Y cómo pretendes encontrarla, sabiondo?

Por fin, podía poner en práctica mi plan. Dudé

un momento, pero después abrí la chaqueta para coger lo que había traído de casa.

—¿Qué es eso? —dijo Estefi.

—¡Eh, tía, eh! Se ve perfectamente, ¿no? ¡La peluca de la señora Sulte-Stratmann!

—¿De dónde la has sacado?

—La cogí del lavabo de señoras del café.

—Ah, por eso volviste atrás anteayer —dijo Estefi con ese tonillo irónico que todos le conocemos—. ¿Y qué pretendes hacer con ella?

Por suerte, había tenido tiempo suficiente para inventarme una excusa.

—Primero pensé que la podríamos utilizar como prueba. Y menos mal que la cogí. Dejaremos que Precioso la olfatee; así seguirá el rastro de la señora Sulte-Stratmann y nos llevará hasta ella. Ahora veréis qué útil puede sernos un perro.

—¡Genial, Fede! —me dijo Charly maravillado, aunque por una vez no fuese él quien lo tenía todo bajo control—. ¡Pónsela debajo de la nariz, Fede!

—Esperemos que no se la coma —dijo Estefi.

No lo hizo. Excitado, la olisqueó. Después volvió la cabeza a un lado y miró a su alrededor como si buscara algo.

Levanté los brazos.

—¡Adelante, Precioso! ¡Busca a la señora Sulte-Stratmann!

Durante un segundo me miró con cara interrogante, pero después pareció comprenderme y corrió en la dirección que yo le había marcado. Me metí otra vez la peluca bajo la chaqueta, no fuera que a Charly se le ocurriera quitármela.

—¡Vayamos detrás de él! —gritó Charly.

Y se fue corriendo. Rabanito y yo le seguimos.

—¡Si esto funciona...! —oí decir a Estefi a mi espalda.

Precioso nos llevó de una punta a otra del bosque. Lo mismo corría muy decidido por un camino, como si hubiera encontrado un rastro; que saltaba entre los árboles, olisqueando aquí y allá, como si no supiera qué debía hacer.

Intenté memorizar el camino lo mejor que pude. Aunque no fue fácil. Los caminos del bosque parecen todos iguales.

—¡Yo ya tengo bastante! —gritó de repente Estefi—. Me apuesto mi próxima paga a que no tiene ni idea de lo que está buscando. Volvamos atrás.

Pero a Charly le había atacado la fiebre de la caza.

—Estoy seguro de que está a punto de encontrarlo.

Yo miré la hora. Del susto casi me caí al suelo.

—¿Sabéis qué hora es? Falta poco para las seis.

Los demás miraron inmediatamente sus relojes. También se habían olvidado de la hora.

—¡Volvamos deprisa! —dijo Estefi—. Si no cogemos el último tren, tendremos que pasar la noche sentados en un banco del parque.

Charly se quedó tan fresco.

—Ningún problema. Me he aprendido el camino de memoria. Lo haremos con los ojos cerrados.

Cogí a Precioso en brazos y nos fuimos en dirección contraria. A la ida, yo ya había visto que en ese bosque había muchos cruces de caminos. Eso fue nuestra perdición. Los dos primeros cruces no representaron ningún problema. Incluso nos pusimos de acuerdo en la dirección que debíamos tomar. Pero en el siguiente, empezaron las discusiones, hasta que nos decidimos por uno de ellos; dos cruces más adelante, Charly admitió:

—Chicos, nos hemos perdido.

Rabanito se dejó caer sobre el musgo. Los demás nos sentamos a su lado.

—¿Y ahora qué vamos a hacer? —pregunté, a pesar de que sabía que ninguno de nosotros tendría una respuesta.

—Son casi las siete menos cuarto. Es imposible que lleguemos al tren a tiempo.

A pesar de que sonaba terrible, Estefi tenía razón. En mi imaginación me vi vagando por el bosque en plena noche. Sólo me consolaba el hecho de saber que no estaba solo.

—Mis padres se preocuparán —dijo Rabanito en voz baja.

En cuanto lo pensé, se me hizo un nudo en el estómago. Mi madre siempre sufre por mí. «Porque siempre estás muy solo», suele decirme. Si esa noche no volvía a casa, se volvería loca de preocupación. ¡Si no nos hubiéramos puesto a buscar esa estúpida cabaña! ¿Por qué nos habíamos inmiscuido en la vida de la señora Sulte-Stratmann? ¡Deberíamos haberla dejado en paz! ¡Si no la hubiera traicionado...! ¿Pero por qué nos había abandonado, sabiendo lo mucho que ella me importa? Cuanto más pensaba en ello, más me enfadaba.

—¡Eh, tíos, eh! ¡Qué asco! Deberíamos haber dejado alguna señal por el camino.

—¡Sí, claro, podríamos haber dejado miguitas de pan, como Hansel y Gretel!

Incluso en estas situaciones, Estefi tenía que soltar sus estúpidos chistes.

Charly tenía otras preocupaciones:

—¡Migas de pan! ¡Calla de una vez! ¡Podría comerme un buey del hambre que tengo!

—¿Cómo puedes pensar en comer? —le chilló Estefi de pronto—. ¡Mejor que pienses cómo sacarnos de este bosque! Al fin y al cabo nos has metido tú en todo este embrollo. Y dentro de una hora oscurecerá.

—¿Es que crees que yo no quiero salir de aquí cuanto antes? —le chilló Charly como respuesta—.

Pero también puedo tener hambre, ¿no? Y además, fue idea de Fede soltar a Precioso.

Creí no haber oído bien.

—¡Eh, tío, eh! ¿Estás loco o qué? Estabas encantado con la idea. Era genial, tú mismo lo has dicho. ¿Y ahora resulta que es todo por mi culpa? ¡Es lo último!

Así continuamos durante un rato. Estefi, Charly y yo nos echamos mutuamente la culpa de que no encontráramos la manera de salir del bosque. Sólo Rabanito se mantuvo callado. Estaba sentado sobre el musgo con las piernas dobladas y no dejaba de mirar hacia adelante. Creí que estaba tan desesperado que no era capaz de pronunciar ni una sola palabra. Pero me equivoqué por completo.

—¿Podéis cerrar el pico? —nos gritó de pronto—. Necesito pensar, y con este teatro que estáis representando, no me concentro.

Charly enmudeció a mitad de una bronca dirigida a mí. Y Estefi y yo también nos callamos inmediatamente.

A pesar de que Estefi y Rabanito son mellizos,

no hay hermanos que se parezcan menos que ellos dos. No es sólo que físicamente sean completamente distintos... Estefi no se toma nada en serio. Se ríe de todos y de todo, y con sus comentarios mordaces es capaz de entablar con cualquiera una bonita pelea en un tiempo récord. Por el contrario, Rabanito intenta siempre calmar a su hermana. Rabanito odia las peleas. Generalmente, prefiere llevarse bien con todo el mundo. Por eso, ante cualquier discusión, primero hace oídos sordos y luego se preocupa. Eso no es nada malo. Sus temores han frenado a veces a nuestro jefe. ¡Quién sabe si no, en qué dificultades nos habría metido! Y además, ahora que nos temblaban las rodillas, era el único que mantenía la calma.

—¿Tienes alguna idea? —le preguntó Charly con cuidado.

—Cuando entramos en el bosque eran casi las cuatro, ¿verdad? —contestó él.

—Casi en punto. ¿Por qué lo preguntas?

—¿Dónde estaba el Sol cuando entramos en el bosque? —continuó sin inmutarse Rabanito.

—Justo enfrente de nosotros —contestó Estefi

inmediatamente—. Me ha estado deslumbrando casi todo el rato hasta la casa del guardabosque. Estoy segura.

Tenía razón. Yo también lo recordaba.

—Bien —dijo Rabanito—. A las tres y media el Sol ha alcanzado su punto más alto. Así que debemos de haber caminado hacia el Oeste, puesto que se pone por ahí. Si ahora vamos en dirección opuesta, deberíamos llegar a la ciudad. Sólo debemos vigilar que el Sol quede siempre a nuestra espalda. Así que lo más importante es conseguirlo antes de que se ponga.

Charly miró a Rabanito como si hubiera visto a un fantasma.

—¡Hombre, Rabanito! ¡Fabuloso!

Nos pusimos de pie y miramos el Sol. Por suerte, aún estaba bastante alto como para poder seguir su dirección. Tuvimos que atravesar el bosque hasta la otra punta, pero a ninguno nos importó.

Sin discusión alguna, Charly le dejó el mando a Rabanito.

Estefi y yo cerrábamos la fila. Cuando la miré, dijo en voz baja:

—¡Ése es mi hermano! —y al decirlo, su cara resplandecía.

Recorrimos el bosque sin hablar. Nos turnamos para llevar a Precioso. Nadie se quejó, ni siquiera nuestro jefe. Estábamos al límite de nuestras fuerzas. De buena gana me habría tumbado a dormir. A medida que caminábamos, más pequeña se hacía nuestra esperanza de llegar antes de que oscureciera. El Sol se escondía detrás de los árboles y continuaba bajando sin piedad.

Pero entonces ocurrió algo con lo que ya no contábamos.

—¡Ahí hay una casa! —gritó de pronto Rabanito.

Los demás también la vimos.

—¡Eh, tíos, eh! ¡No es ninguna casa! ¡Es la cabaña de caza!

En la luz del ocaso, reconocimos a duras penas una cabaña de madera. Y cuanto más nos acercábamos a ella, más claramente veíamos que yo tenía razón. Se trataba de una cabaña de caza. Estaba en un pequeño claro que los últimos rayos de sol iluminaban, aunque no sólo iluminaban la casa, también el ya conocido deportivo rojo, que se encontraba aparcado delante.

10
La noche de la verdad

Charly fue el primero en recuperarse del susto.

—Tenemos que echar un vistazo —susurró—. ¡En silencio!

Mientras andábamos de puntillas hacia la cabaña me iba dando vueltas en la cabeza la tontería que había dicho Estefi sobre Hansel y Gretel. Y sin querer me acordé de la bruja. Y de repente me entró un miedo espantoso de que a nuestra profesora le hubiera pasado algo. De buena gana habría gritado su nombre. Estaba tan sumido en mis pensamientos, que me asusté cuando vi que me encontraba en la parte trasera de la cabaña.

Al tratarse del caso Sulte-Stratmann, Charly retomó el mando:

—Tenemos que llegar hasta una ventana sin que nos descubran —nos murmuró—. A lo mejor podemos ver qué es lo que ocurre allá dentro.

Dimos la vuelta a la cabaña. Tres de los lados estaban tapados por un alto parapeto. Aunque había una puerta, era tan alta como la cerca y tenía unos tablones clavados. A la parte de atrás se podía acceder, pero allí no había más que una ventana cerrada con postigos. Cuando llegamos a la parte trasera de la cabaña, Charly frenó en seco.

—¡Caramba, ahí hay otro coche! Pero éste no lo había visto antes.

Los demás también lo observamos. Parecía bastante nuevo.

—¿De quién será? —susurró Rabanito.

—Ni idea —respondió Charly—. Del tipo del café, por ejemplo... Pero callaos. Quizás así podamos oír algo.

Nos apretujamos bajo la ventana de la parte trasera de la cabaña y nos dispusimos a escuchar. Aunque lo único que oímos fue el silbido excitado de Precioso.

—¿Es que esta bestia no puede parar de silbar? —dijo nervioso Charly.

Le tapé el hocico, pero entonces empezó a lloriquear. Y ese sonido era aún más fuerte que los silbidos. Lo solté e intenté no prestar atención a sus ruiditos. Tardamos poco en oír voces, a pesar de que no eran muy claras, dentro de la cabaña.

—Son por lo menos tres —dijo Charly.

Dos se estaban peleando y sonaban cada vez más fuertes, pero no por eso eran más nítidas.

—¡Eh, tíos, eh! No entiendo nada. ¿Tenéis idea de qué están hablando?

—Creo que he oído algo de dinero —dijo Rabanito.

—¿De verdad? —gritó Charly demasiado fuerte, aunque las voces de la cabaña parecían estar tan ocupadas en su pelea que no repararon en los ruidos del exterior.

—Yo tampoco entiendo nada —dijo Estefi—.

Ni siquiera puedo reconocer si una de las voces es la de la señora Sulte-Stratmann. Si por lo menos no estuvieran echadas las contraventanas.

Entonces oímos una voz femenina muy clara:

—¡Ya es suficiente! O nos lo quedamos para nosotros solos, o nada.

—¿Habéis oído eso? —susurró Charly—. Seguro que se refiere al botín.

En ese momento se abrió primero la puerta de entrada y después, la del jardín. Por suerte, estábamos en la parte trasera. Como si obedeciéramos una orden, nos tiramos todos al suelo a la vez. Cuando miré hacia arriba, pude ver una mujer rubia. Se trataba de la chica despampanante que habíamos visto delante de la mansión.

—Ésta también está en el ajo —murmuró Charly—. Debería habérmelo imaginado.

Se dirigió furiosa hacia el coche rojo, abrió la puerta del conductor y se sentó al volante. Poco después la siguió un hombre. También a él lo conocíamos. Era el señor Sulte. Iba en busca de la chica despampanante.

—¡Deja que te lo explique! —gritó él—. Seguro que ella no quería decir eso. ¿Por qué sencillamente no nos lo repartimos?

—¡No contéis conmigo! —gritó la venenosa rubia—. O todo para nosotros o nada. ¡Me lo habías prometido!

El señor Sulte miró hacia la cabaña y se encogió de hombros. Se sentó en el asiento del acompañante y el deslumbrante deportivo rojo salió zumbando con un bramido del motor y un chirriar de ruedas. El ruido del motor me pareció estruendoso después de tantas horas acostumbrado al silencio del bosque. De todas maneras, el alboroto fue espantoso, y por suerte se fue apagando en seguida.

—Está muy claro —murmuró Charly—. Se han peleado por el botín.

Así que el dinero debe de estar todavía en la cabaña.

—¿Quedará alguien dentro? —quería saber Rabanito.

—¡Hombre, hermanito! Por lo menos tiene que quedar uno. Éstos dos no parecían haberse peleado entre ellos. Además, el otro coche aún está en la puerta.

—La pregunta es si ese alguien será la señora Sulte-Stratmann —concluí yo.

Nos pusimos en pie. En ese momento oímos ruido detrás del parapeto: un fuerte crujido, chasquidos y golpes. Del susto dejé caer a Precioso, que aterrizó en el suelo gimiendo y silbando.

—¡Eh, tíos, eh! ¿Qué es eso? ¡Vaya escándalo!

Charly se sacudió las agujas de abeto de los pantalones, como si el espantoso sonido no le interesara lo más mínimo.

—Probablemente quieren esconder el botín. ¡Tengo que verlo! ¿Podéis auparme?

Estefi se golpeó la sien.

—¿Levantarte a ti? ¿Te falta un tornillo, o qué?

He de aclarar que Charly nos pasa una cabeza y que no es precisamente un fideo.

—Rabanito es el que pesa menos. Que mire él por encima de la puerta —sugerí yo.

Rabanito me miró desesperado.

—¿Yo? ¿Y qué pasará si me descubren?

—Que no te verán, hombre —opinó nuestro jefe—. Estarán demasiado ocupados con el botín.

—¿Y quién me levanta? —preguntó Rabanito con voz temblorosa.

Estefi respondió inmediatamente:

—Charly, ¿quién si no?

—Bien, sube a mis hombros, Rabanito.

Rabanito tenía tantas aptitudes deportivas como yo y necesitó un par de embestidas hasta que

por fin, con nuestra ayuda, subió tambaleándose a los hombros de Charly. Aún pasó un buen rato hasta que Charly, con Rabanito en hombros, logró colocarse de forma que Rabanito pudiera ver lo que ocurría en el interior de la casa. Precioso no nos fue de gran ayuda. Era todo muy excitante para él. Saltaba alrededor de nuestras piernas y silbaba por el hueco de su diente. La operación no fue en absoluto lo que Charly entendía por discreta. Sin embargo, más o menos, hasta ese momento habíamos actuado en silencio.

Entonces Rabanito miró por encima del parapeto y pegó un grito espeluznante, como si por el otro lado se estuviera paseando el conde Drácula. Demasiado para Charly. Pegó un bote y empezó a tambalearse peligrosamente. Eso provocó que Rabanito chillara más fuerte. Charly consiguió dar un par de pasos antes de caer y Rabanito fue a aterrizar al musgo que había entre los árboles con un fuerte grito.

—¡Es un asesino! —dijo apenas se hubo repuesto—. ¡Un asesino con una máscara y un hacha! Y todavía tiene sangre.

Mientras nos contaba lo que había visto, señalaba la puerta por la que había estado mirando, con los brazos en alto y las manos temblorosas.

Entonces se abrió la puerta del jardín y el asesino se precipitó hacia nosotros. Desde luego, Rabanito, con la excitación y la escasa luz, se había equivocado por completo. La tal máscara era un sombrero, y sí llevaba un hacha en la mano, pero no estaba manchada de sangre, sino que la mitad de la cuchilla estaba pintada de rojo.

De repente, reconocí la cara del hombre del sombrero.

—¡El hombre del café! —grité.

Había visto su cara un solo momento, pero fue suficiente para que la recordara para siempre.

A partir de ahí todo ocurrió muy deprisa. Estábamos de pie, bueno, excepto Charly, que estaba sentado, petrificados, y no nos atrevíamos ni a respirar. También el hombre nos miró perplejo. En ese instante se abrió la puerta de entrada a la cabaña y alguien muy conocido salió: ¡la señora Sulte-Stratmann!

—¡Cuidado! —gritó Rabanito todavía fuera de sí—. ¡Lleva un hacha!

—¡Claro que llevo un hacha! —dijo el hombre—. He estado cortando leña y para eso hace falta un hacha, ¿no?

Se volvió hacia la señora Sulte-Stratmann.

—¿Conoces a estos niños?

Nos reconoció en el acto, pero necesitó un rato para recuperarse de la sorpresa.

—¿Cómo es posible...? ¿Cómo demonios habéis venido hasta aquí? ¿Cómo sabíais…? —tartamudeó.

Tomó aire como si fuera un pez fuera del agua. Nos miramos todos. Nadie se atrevía a decir nada. Y cuando lo hicimos, todos empezamos a hablar a la vez, y naturalmente de forma atropellada. Por lo menos así debió de parecérselo a la señora Sulte-Stratmann.

—¡Silencio! —gritó entre nuestra palabrería—. Entrad en la casa. Aquí fuera no se ve tres en un burro.

Ella iba delante, nosotros detrás de ella y el hombre del hacha, cerrando la comitiva. Hasta ese momento él apenas había dicho ni una sola palabra, sólo se había limitado a sonreír.

La cabaña constaba de una sola habitación. Dentro reinaba el silencio. Un silencio mayor que el del bosque. En una de las esquinas, ardía un fuego en la chimenea. Por eso el hombre del café había estado cortando la leña.

Nos sentamos en el sofá uno junto al otro. La señora Sulte-Stratmann nos miraba fijamente sin decir nada. Sólo de vez en cuando meneaba la cabeza. No sé cuánto rato estuvimos sentados en el sofá como unos pobres diablos, sin saber adónde mirar, hasta que, por fin, ella le comentó al hombre:

—Son críos de mi colegio. ¿Qué te parece?

—Me lo había imaginado.

—¿Nos liquidarán ahora? —dijo de repente Charly completamente aterrorizado.

—¿Si haremos qué cosa? —preguntó la señora Sulte-Stratmann con los ojos muy abiertos.

—¡Nosotros no la traicionaremos! —dijo Charly totalmente fuera de sí.

—Dime, Charly: ¿te has vuelto tonto, o qué?

—Me parece que tus alumnos creen que practicamos magia negra o algo así —dijo el asesino de Rabanito con una sonrisa de oreja a oreja.

—¡Eh, tíos, eh! No lo van a hacer, ¿verdad, señora Sulte-Stratmann? Usted y su cómplice, quiero decir, este hombre, sólo se encuentran aquí de vacaciones, ¿verdad?

—¿El cómplice? Si no os conociera, diría que estáis completamente locos.

—¿O es su marido?

Los ojos de la señora Sulte-Stratmann empezaron a soltar destellos.

—¡Sólo lo hicimos porque estábamos preocupados por usted! —dijo Estefi rápidamente—. Y como a usted le gusta tanto Haltern, hemos decidido venir a buscarla. ¡Y nos hemos perdido!

—¡Cómplice! ¡Marido! ¡Perdidos! ¿Sabéis una cosa? ¡Ya tengo bastante! —dijo la señora Sulte-Stratmann.

Entonces miró el reloj.

—Son más de las ocho. ¿Saben vuestros padres dónde estáis?

Nos interrogó con la mirada. No contestamos. Tampoco era necesario.

—¡Ajá! Ya me lo imaginaba. Os llevaré a casa ahora mismo.

Tal y como lo dijo, nadie se atrevió a contradecirla. Ésta era otra vez nuestra señora Sulte-Stratmann, igualita a la que conocíamos de clase. Miró al hombre del café.

—Por mí... —dijo—. A estas alturas todo me da igual.

—Podríamos regresar luego —dijo la señora Sulte-Stratmann.

Y entonces le sonrió de una forma especial, como sólo se sonríe cuando se está enamorado. Para mí fue como una punzada en el corazón.

La señora Sulte-Stratmann se levantó y nos metió en su coche sin añadir una sola palabra.

—Espero que nos lleve a casa de verdad —me susurró Charly.

Por suerte la señora Sulte-Stratmann había puesto en marcha la radio, porque si no, seguro que nos habría oído.

Pero Rabanito tenía buen oído.

—¿Dónde nos va a llevar, si no?

A esa pregunta no respondió Charly. Sabíamos a qué se refería.

La señora Sulte-Stratmann se puso al volante, el hombre del hacha se sentó en el asiento del acompañante, y Charly, Estefi, Rabanito y yo tuvimos que apretujarnos en el asiento de atrás. Yo además tuve que cargar con Precioso en el regazo.

La carretera por la que atravesamos el bosque era oscura como la boca de un lobo, y parecía más un camino de cabras que una carretera. Nos agitábamos debido a los baches más que en una montaña rusa.

—Nos está llevando bosque adentro —murmuró Charly—. A un lugar donde nadie pueda oír nuestros gritos.

Sus palabras me hicieron sentir muy mal. ¿Por qué Charly siempre me hacía pasar tanto miedo? Me habría tapado los oídos de buena gana.

El viaje a través del bosque se me hizo eterno. Y cuanto más tiempo pasaba, mayor era mi miedo. Entonces vi unas luces y llegamos a una carretera principal, que por fortuna estaba iluminada. Después de un par de metros, ella paró el coche delante de una cabina telefónica, bajó del automóvil y entró en ella.

—¡Eh, tíos, eh! ¿A quién llamará ahora? —susurré.

—Está claro que a sus cómplices. Van a decidir qué hacer con nosotros —me susurró Charly.

—¡Cierra el pico de una vez! —le respondió Estefi.

Si Charly tenía razón, la señora Sulte-Stratmann y sus cómplices pronto se pondrían de acuerdo.

—Bueno —dijo casi aliviada cuando estuvo sentada de nuevo al volante—. He podido hablar con tu madre, Federico. Me ha dicho que puedo llevaros a todos a vuestra casa. Dormiréis allí esta noche. Ella se ocupará de llamar a los demás padres para decírselo. Tienes una madre muy agradable, Federico.

Miré a Charly.

—¡Idiota!

Su respuesta fue encogerse de hombros. El día que admita que se ha equivocado, le compraré a Precioso un gran filete de carne.

—¡Estupendo! —se alegró Estefi—. Por fin sabremos dónde vives, Fede.

Apenas había resuelto un problema, y ya tenía otro encima. Ahora Charly y los demás verían dónde vivíamos mi madre y yo. Aunque por otro lado, casi me daba igual. Si no les gustaba, pues que la próxima vez se quedasen en su casa.

Sin intentar liquidarnos, tal como había pensado Charly, la señora Sulte-Stratmann nos llevó hasta la mismísima puerta de mi casa.

Lo primero que vio mi madre cuando subíamos por la escalera fue a Precioso. No tuvo que decir ni una palabra. Su mirada fue suficiente.

—Lo hemos instalado en el jardín de la tía de Charly —le dije inmediatamente—. Nos ocupamos de él entre todos.

Mi madre sonrió.

—Bueno, si es así... Lo principal es que no entre en casa.

Pero cuando yo tengo mala suerte, la tengo de verdad. Siempre me pasa lo mismo. Estábamos aún en el recibidor, cuando cometí un error de terribles consecuencias: me quité la chaqueta y, antes de poder evitarlo, la peluca se cayó al suelo. Todos la miraron.

—¿De dónde la has sacado? —dijo la señora Sulte-Stratmann.

Ni me atreví a mirar su cara para ver si estaba furiosa o avergonzada. En ella convergían ambos sentimientos. Fue terrible. ¿Por qué no me dejé puesta la estúpida chaqueta? Nunca había deseado tanto ser capaz de rebobinar ciertos acontecimientos.

Mi madre se dio cuenta inmediatamente de que algo pasaba. Para eso tiene un sexto sentido.

—Federico nos lo explicará en seguida —dijo intentando salvarme—. Entrad todos en el cuarto de estar.

Mi madre nos preparó cacao. Nos dijo que había desenterrado un par de viejos sacos de dormir, en los que Charly, Rabanito y Estefi podrían pasar la noche.

—Tu madre es fantástica —me susurró Rabanito cuando, sentados en el sofá, sorbíamos nuestro cacao.

—Es verdad —dijo Charly—. Deberíamos venir aquí más a menudo.

De repente, me di cuenta de lo mucho que había infravalorado a mis amigos.

—Bien, ahora yo también quiero saber por qué os paseáis de noche por los bosques y qué tiene eso que ver con esta peluca.

Le conté a mi madre la misma historia que le había contado a la señora Sulte-Stratmann.

—Al parecer los niños se han preocupado realmente por usted. Federico me ha hablado mucho de usted.

La señora Sulte-Stratmann me miró sorprendida.

—¿En serio? Eso me halaga.

Charly me clavó su codo en las costillas.

—¿Por qué no publicaste toda la historia en el periódico?

Me daba igual lo que dijera Charly. A la señora Sulte-Stratmann le halagaba. ¡Me encontraba flotando en las nubes!

—Sin embargo, aún no lo entiendo. Debía de haber un motivo para ello.

Miré a los demás. Ellos también tenían que dar alguna explicación. Charly lo comprendió.

—Fue todo muy raro, señora Sulte-Stratmann. Antes usted se vestía como todos los profesores y conducía un coche antiguo. Y de repente empezó a llevar vestidos fantásticos y a maquillarse. También está lo del coche deportivo, y al día siguiente, por sorpresa, se cambia de vehículo y viene al colegio en bicicleta.

—¿Eso es todo?

—No todo —acabó Rabanito—. También estaba su pelea con «el guapo de Gerardo»... Eh..., con el señor Brinkmann.

—Y además, Fede la vio con la peluca. Y entonces la seguimos porque queríamos saber por qué iba por ahí vestida de esa forma.

Cuando Estefi dijo lo de la peluca, la señora Sulte-Stratmann abrió otra vez los ojos asustada. Pero en seguida volvió a echar fuego por ellos.

—¿Por qué no les explica a los niños de qué va el asunto? —le sugirió mi madre.

Por un momento pareció que la señora Sulte-Stratmann quería protestar.

—No —dijo—. Odio hablar de mi vida privada.

—Tal vez yo pueda ayudar —dijo de pronto el hombre del hacha.

—¿Tú? —dijo la señora Sulte-Stratmann.

—Sí, porque creo que se lo debes a los niños. Al fin y al cabo, se han perdido en el bosque por ti. Tienen que haber pasado mucho miedo, los pobrecillos.

Charly cogió aire para protestar, pero Estefi le dio una patada en la espinilla por debajo de la mesa.

Otra vez la señora Sulte-Stratmann volvió a poner esa dulce sonrisa. ¡Era un infierno!

—Está bien, pero sólo lo imprescindible.

El tipo del café se aclaró la voz.

—En primer lugar, el asunto del coche y de la bicicleta tiene una fácil explicación. El coche viejo se ha estropeado definitivamente y el nuevo aún tardó unos días en llegar…

—¿Es el mismo en el que hemos venido? —interrumpió Rabanito.

—Exactamente. Por eso, Bea, es decir, la señora Sulte-Stratmann, iba en bicicleta.

Bea era un nombre muy bonito. Por mí, podía continuar llamándola así.

—Era su hermano quien le prestaba el coche.

—¿Su hermano? —dijimos Charly y yo a un tiempo.

—¿El señor Sulte es su hermano?

La señora Sulte-Stratmann se extrañó.

—¿De qué conocéis a mi hermano?

A eso, era mejor que no contestáramos.

—¿Entonces usted no está casada? —pregunté sin pensarlo.

—¿Cómo se te ha ocurrido eso?

—Por el nombre.

—¡Ah! Sí, al casarme adopté el nombre de mi marido, se llama Stratmann. Mi nombre de soltera es Sulte, como mi hermano.

—¡Entonces sí que está usted casada! ¿Y quién es ése de ahí?

La señora Sulte-Stratmann y el hombre al que yo todavía estaba señalando con el dedo se miraron.

—Está bien —suspiró la señora Sulte-Stratmann—. También tendré que contaros eso. Pero después, se acabó. No quiero volver a hablar más de mí. ¿Lo habéis entendido?

Asentimos como buenos chicos.

—Yo me crié aquí, pero después de la boda, me fui con mi marido a otro sitio. Por desgracia, nuestro matrimonio se rompió.

Miré a mi madre. Curiosamente, en ese momento, ella me miró a mí.

—Después de mi separación, volví —continuó explicando la señora Sulte-Stratmann—. Tuve suerte de encontrar en seguida un empleo en el colegio. Viví un tiempo en casa de mi hermano, porque es bastante grande. Pero después alquilé una habitación amueblada cerca del colegio. Todo me iba bastante bien...

—¿Bastante? —le interrumpió mi madre.

—Sí, no sé cómo decirlo, no es que me haga mucha gracia vivir sola. Me habría gustado tener de nuevo una pareja.

Noté cómo me iba acalorando cada vez más; esperaba que nadie lo notara.

—Pero eso no era tan fácil. No tenía ganas de

ir a discotecas como si fuera una quinceañera, y en el círculo de mis conocidos tampoco había nadie. De mis colegas, ya me podía olvidar. Sólo intentan soltar chistes estúpidos cuando se enteran de que una mujer vive sola.

La señora Sulte-Stratmann hizo una pequeña pausa. Se veía que le costaba seguir hablando. De buena gana le habría dicho que no tenía por qué contárnoslo. Pero me picaba demasiado la curiosidad.

—Bueno, ¿cómo explicarlo? —prosiguió dudando—. En algún momento me decidí a poner remedio al asunto. Me cuidé más de mi aspecto exterior, fui alguna vez a bailar y por fin puse un anuncio en el periódico.

—¡Eh, tíos, eh! ¿De verdad? —grité yo.

Se me escapó. Pero ya era demasiado tarde. La señora Sulte-Stratmann me miró y ¡se puso roja! Si hubiera podido, habría salido corriendo.

—¿Qué tiene eso de particular? —dijo mi madre de repente—. Yo también lo he hecho.

—¡¿Tú?! —grité yo—. ¿Me estás tomando el pelo?

—En absoluto. Pero de eso hace tiempo y no encontré al hombre adecuado.

—Eso puede usted decirlo en voz alta —dijo la señora Sulte-Stratmann bastante aliviada—. ¡No se imagina con qué clase de tipos se encuentra una! Además, siempre me daba miedo que alguien del colegio pudiera verme en una de esas penosas citas.

—¿Por eso llevaba la peluca? —preguntó Charly con curiosidad.

—Sí. Hoy eso me hace gracia. De hecho la he llevado también alguna vez después de conocer a alguien con quien me entendía bien.

¡Otra vez esa sonrisa!

—Jorge me pedía siempre que tirara esa ridícula peluca, como él decía. Pero yo estaba tan obsesionada con que alguien se inmiscuyera en mi vida privada, que no lo hice. Hace pocos días tuvimos nuestra primera pelea fuerte por ese motivo.

—Eso fue en el café —me susurró Estefi, por desgracia, demasiado fuerte.

—¿Así que también sabéis eso?

Nosotros callamos.

—La verdad es que estaba bastante furiosa. Pero después decidí acabar con eso y tiré la peluca.

Poco a poco fui cobrando valor y dije:

—¿Pero por qué se escapó de repente?

La señora Sulte-Stratmann me miró de forma no muy amigable.

—No sé cómo, mis colegas se enteraron de que buscaba pareja —continuó explicando—. Me había dado cuenta hacía tiempo de sus indirectas. Pero cuando uno de mis compañeros me habló de ello de la manera más tonta, ya fue el colmo. Dije que estaba enferma y sólo pensé en irme. Llamé a mi novio y nos fuimos a la cabaña de caza. Es de mis padres. Estoy muy a gusto allí. Y, cómo no, ese fin de semana mi hermano y su novia habían decidido ir también. En la cabaña nos peleamos.

—La novia de su hermano se portó realmente muy mal —dijo el prototipo de anuncio-de-bodas-Jorge—. Yo estaba tan furioso, que me fui a cortar leña para calmarme. Y fue cuando encontré a los niños.

—¡Vamos, que la señora Sulte-Stratmann ha hecho novillos! —gritó Charly.

La señora Sulte-Stratmann sonrió.

—Si quieres llamarlo así, tienes toda la razón, Charly. Pero en la cabaña me habías prometido que no me delatarías.

—Y mantengo la promesa —se hinchó Charly—. Sin embargo, antes me refería al robo del banco.

Normalmente Charly es un chico bastante listo, pero otras veces parece un auténtico bobo. Inmediatamente se dio cuenta de lo que había dicho y se hundió literalmente en el sofá.

La señora Sulte-Stratmann lo miró asombrada, y mi madre abrió mucho los ojos y empezó a reírse a carcajadas.

—Creo que ya sé qué es lo que ha ocurrido aquí. Hace un par de días le conté a Federico el caso del banco que atracaron cerca de aquí. Ponía en el periódico que, entre otros, estaba implicada una mujer, y que los atracadores llevaban pelucas.

La señora Sulte-Stratmann cogió aire.

—Y supongo que los niños creyeron...

No pudieron seguir, pues en ese momento explotó una sonora carcajada. Charly, Rabanito, Estefi y yo estábamos allí sentados y no podíamos creer lo que estábamos oyendo.

Había sufrido durante días con remordimientos de conciencia, no había podido dormir, había estado preocupadísimo y... ¿Qué hacía esa mujer? Se retorcía de risa. ¡No me lo merecía!

—¡Pero si también lo ponía en el periódico!

—¿Qué periódico? —preguntó la señora Sulte-Stratmann secándose las lágrimas de los ojos.

—¡Lo encontramos en su cartera! Estaba en el

aula de Naturales. No sabíamos de quién era, y miramos dentro —mentí yo, antes de que Charly metiera otra vez la pata—. Y dentro estaba un periódico en el que se hablaba del robo al banco.

—¿Tienes aún ese diario? —me preguntó el hombre que había cortado la leña en la cabaña.

Miré a Charly.

Él asintió y dijo:

—Por mí puedes ir a buscarlo.

Como Estefi y Rabanito no le contradijeron, corrí a mi habitación y saqué el periódico del escondite.

—Ahora abre la penúltima página —dijo la señora Sulte-Stratmann con una sonrisa especial.

Lo hice y…

¡Era la sección de anuncios!

—Y ahora, por favor lee el anuncio que está subrayado.

Tuve que aclararme la garganta un par de veces, hasta que por fin pude leer:

Profesora de 30 años,
con sentido del humor,
deportista y amante de la naturaleza,
querría ser alabada
no sólo por sus alumnos.

¿Qué quería decir con eso?

—¿Es ése su anuncio? —dijo Charly.

Como respuesta tuvimos otra vez una carcajada tremenda.

—Siento que os hayamos decepcionado —se rió por lo bajo Jorge, el amante de la naturaleza.

No me habría extrañado si cualquiera de los que estábamos en ese momento sentados en el sofá se hubiera desmayado.

Charly se puso de pie.

—Venga, vamos a la habitación de Fede.

No tuvo que decirlo dos veces. Cuando cerramos la puerta detrás de nosotros, los bobos de los mayores todavía se estaban riendo.

Continuamos hablando durante mucho rato de lo injusta que era la vida y de la mala suerte que teníamos con nuestros casos. La señora Sulte-Stratmann y su novio aún se quedaron hasta muy tarde en la sala de estar. De vez en cuando oíamos que se reían, probablemente de nosotros.

Estaba decepcionado: nuestra *profe* de Naturales tenía un novio formal. Por otro lado, estaba contento de que todo hubiera acabado bien y de no tener que declarar contra ella en comisaría.

Pero lo mejor de todo fue que mis amigos pudieron quedarse por primera vez a pasar toda la noche en mi casa y que Precioso también se quedó a dormir, como excepción.

Por la noche, soñé que en nuestra siguiente aventura resolvíamos un caso real.